Czarna
piosenka

—

Wisława Szymborska

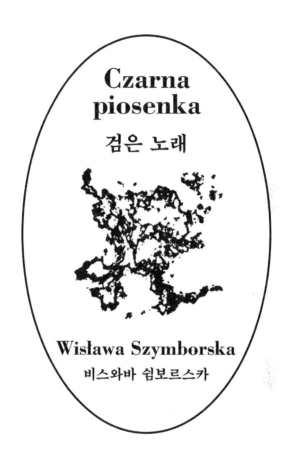

Czarna piosenka

검은 노래

Wisława Szymborska
비스와바 쉼보르스카

최성은 옮김   문학과지성사

비스와바 쉼보르스카 Wisława Szymborska (1923~2012)
폴란드 중서부의 작은 마을 쿠르니크에서 태어나, 여덟 살 때인 1931년 폴란드의
옛 수도 크라쿠프로 이주하여 평생을 그곳에서 살았다. 야기엘론스키 대학교에서
폴란드어문학과 사회학을 공부했으나 제2차 세계대전으로 인해 중퇴했다. 1945년
『폴란드 데일리』에 시 「단어를 찾아서」를 발표하며 등단한 뒤, 첫 시집 『우리가
살아가는 이유』(1952)부터 『여기』(2009)에 이르기까지 12권의 시집을 출간했다.
타계 직후인 2012년 4월 미완성 유고 시집 『충분하다』가 출판되었다. 독일 괴테
문학상, 폴란드 펜클럽 문학상 등을 받았으며, 1996년 노벨문학상 수상의 영예를
안았다.

옮긴이 최성은
한국외국어대학교 폴란드어과를 졸업하고, 폴란드 바르샤바 대학교에서 폴란드
문학박사 학위를 받았다. 한국외국어대학교 폴란드어과 교수로 재직 중이다.
2012년 폴란드 정부로부터 십자 기사 훈장을 받았으며, 제1회 동원번역상을
수상했다. 옮긴 책으로 『끝과 시작』(쉼보르스카 시선집), 『충분하다』(쉼보르스카
유고 시집), 『쿠오 바디스』『헤로도토스와의 여행』『태고의 시간들』『방랑자들』
『죽은 이들의 뼈 위로 쟁기를 끌어라』 등이 있으며, 『김소월, 윤동주, 서정주 3인
시선집』『김영하 단편선』『마당을 나온 암탉』 등을 폴란드어로 번역했다.

비스와바 쉼보르스카 시선집
검은 노래

제1판 제1쇄 2021년 2월 1일
제1판 제2쇄 2022년 1월 24일

지은이 비스와바 쉼보르스카
옮긴이 최성은
펴낸이 이광호
주간 이근혜
편집 김필균 김은주
펴낸곳 ㈜문학과지성사
등록번호 제1993-000098호
주소 04034 서울 마포구 잔다리로7길 18(서교동 377-20)
전화 02)338-7224
팩스 02)323-4180(편집) 02)338-7221(영업)
전자우편 moonji@moonji.com
홈페이지 www.moonji.com
ISBN 978-89-320-3820-9 03890

차례

일러두기

1 이 책은 Wisława Szymborska의 *Wiersze wybrane*(Kraków: a5, 2004),
   Chwila(Kraków: Znak, 2003), *Dwukropek*(Kraków: a5, 2006)의 일부와
   Czarna piosenka(Kraków: Znak, 2014)를 우리말로 옮긴 것이다.
2 주석은 모두 옮긴이의 것이다.

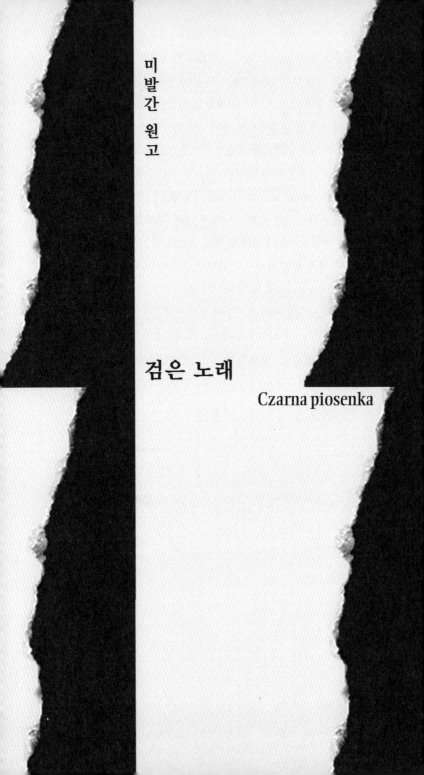

미발간 원고

검은 노래

Czarna piosenka

오랫동안 그 실체가 확인되지 않았던 전설적인 판본.

본래, 쉼보르스카는 1944~1948년에 쓴 시들을 모아 1949년경에 데뷔 시집으로 출판할 예정이었으나 무슨 이유에선지 결국 출간으로 이어지지 못했다. 이 시집의 편집은 쉼보르스카의 남편이자 출판인이었던 아담 브워데크Adam Włodek가 맡기로 되어 있었다. 책으로 발간되지 못한 이유에 대해서는 추측만 난무하다. 사회주의 정권 시절, 검열로 인해 출판이 이루어지지 못했다는 설도 있고, 쉼보르스카 본인이 사회주의리얼리즘의 시대에 이런 내용의 시들은 어차피 출판의 기회를 얻지 못할 거라고 판단해서 스스로 포기했다는 설도 있다(결국 1952년에 출판된 『우리가 살아가는 이유*Dlatego żyjemy*』가 시인의 데뷔 시집이 되었다). 여기에 소개하는 시들 가운데 일부는 문예지에 실리기도 했고, 이 중에서 세 편은 2001년에 출간된 『쉼보르스카 자선 시집』에 수록되었다.

데뷔 시집이 될 뻔한 이 원고 뭉치(육필 원고와 타이프라이터 원고)가 발견된 건, 2012년 시인이 타계하고 난 뒤였다. 쉼보르스카의 대리인으로 오랫동안 활동했고, 현재 '비스와바 쉼보르스카 재단'의 이사장인 미하우 루시네크Michał Rusinek 교수는 쉼보르스카의 애독자를 위해 이 원고를 출판하기로 결심했다. 이 원고는 데뷔 시집을 내기까지 초창기의 쉼보르스카가 어떤 생각과 고민을 하고 있었고, 미래의 노벨문학상 수상자가 젊은 날에 관심을 보인 시적 모티브는 무엇이었는지, 그리고 2차 대전의 상흔이 시인의 작품 세계에 어떤 영향을 미쳤는지를 살펴볼 수 있는 귀중한 자료이다.

좀더 많은 걸 위해

O coś więcej

국경의 동력(動力)보다,

깃발의 아우성보다,

좀더 많은 걸 위해

—그녀°가 쟁취할 군대식의 자랑스러운 승리를 위해.

찬가(讚歌)의 보복보다,

운명의 거창한 의미보다,

좀더 많은 걸 위해

—모욕보다 빠른 그녀의 복수를 위해.

그녀의 공휴일보다

좀더 많은 걸 위해

좀더 많은 걸 위해

—그녀의 평일을 위해.

⋯⋯붉은 굴뚝에서 피어오르는 연기를 위해,

        o   3인칭 여성형 대명사를 사용했지만, 여기서
'그녀'는 쉼보르스카의 조국인 'Polska(폴란드)'를
암시하고 있다.

두려움 없이 가방에서 꺼낼 수 있는 한 권의 책을 위해,
맑은 하늘 한 조각을 위해
우리는 투쟁한다.

출전: "Walka. Tygodnik Literacko-społeczny młodych" nr 10 (w.) Dziennik Polski nr 85, Kraków, 2 May 1945, p. 5.°

○   2차 대전이 종료되기 전에 발간된 일간지에 수록된 시. 조국의 독립을 염원하는 시인의 간절한 마음이 담겨 있다.

어린이 십자군

Krucjata dzieci

거기—우리의 도시 중 가장 독실한 그곳에서
아이들의 시체가 엉겨 붙은 핏물 속에 얼굴을 처박은 채
헤어 나오지 못하고 있다.

첫번째 전쟁놀이—실제 상황이다,
첫번째 뻔뻔한 개시(開始).
누군가가 시범을 보여주었다. 한번 해봤다. 이제 장난이나
다름없다.
총을 쏜다는 건 너무도 간단하다. 빗나가지 않는다.
첫번째 모험. 어른들의 진짜 모험.
신중하게, 고집스럽게 휘발유가 담긴 화염병을 움켜쥐고
있다,
어제는 탱크 세 척이었고, 오늘로 네 척째다.
인내심을 잃은 손이 다급하게 명령을 앞지른다.

산산이 부서진 폐허,
그 누구도 막지 못하는 화염에 휩싸인 도시를 가로질러
불끈 쥔 주먹으로 무장하고, 고함을 지르면서

뜨겁게 쏟아지는, 굵은 우박 속을 힘겹게 전진하는
골목길의 십자군.

우리의 피로한 두 눈은 생생한 기억의 매체다,
하지만 우리의 두 손은 알고 있다, 믿고 있다.
세상의 무게를 짊어진 채 들어 올리는 우리의 두 팔은
안다: 이 세상이 전쟁의 망령 없이 다시 태어나리라는 걸,
짓밟힌 세월을 깨끗이 청산해주리라는 걸
그리고 믿는다, 새로운 질서와 리듬을.

……아마도 그렇기에
밤낮으로 우리의 목을 조르는 거겠지,
왜 그랬을까, 무엇 때문일까,
무엇보다 슬픈 건, 이제는 아무 말도 못 하는
전쟁으로 스러져간 아이들의 시체들.

출전: "Walka. Tygodnik Literacko-społeczny młodych" nr 5 (w.) Dziennik Polski nr 53,
Kraków, 28 March 1945, p. 3. **집필 연도는 1944년으로 기록되어 있음.**

단어를 찾아서
Szukam słowa

솟구치는 말들을 한마디로 표현하고 싶었다.

하지만 어떻게?

사전에서 훔쳐 일상적인 단어를 골랐다.

열심히 고민하고, 따져보고, 헤아려보지만

그 어느 것도 적절치 못하다.

가장 용감한 단어는 여전히 비겁하고,

가장 천박한 단어는 너무나 거룩하다.

가장 잔인한 단어는 지극히 자비롭고,

가장 적대적인 단어는 퍽이나 온건하다.

그 단어는 화산 같아야 한다.

격렬하게 솟구쳐 힘차게 분출되어야 한다.

무서운 신의 분노처럼,

피 끓는 증오처럼.

나는 바란다. 그것이 하나의 단어로 표현되기를.

고문실 벽처럼 피로 흥건하게 물들고,

그 안에 각각의 무덤들이 똬리를 틀기를,

정확하게 분명하게 기술하기를,

그들이 누구였는지, 무슨 일이 일어났는지.

지금 내가 듣는 것,

지금 내가 쓰는 것,

그것으론 충분치 않기에.

터무니없이 미약하기에.

우리가 내뱉는 말에는 힘이 없다.

그 소리는 적나라하고, 미약할 뿐.

온 힘을 다해 찾는다.

적절한 단어를 찾아 헤맨다.

그러나 찾을 수가 없다.

도무지 찾을 수가 없다.

출전: "Walka. Tygodnik Literacko−społeczny młodych" nr 3 (w.) Dziennik Polski nr 39, Kraków, 14 March 1945, p. 3.

평화
Pokój

심장의 유쾌한 경보(警報)가 공보(公報)를 추월한다.
빛보다 소식이 빠르다.
소식보다 믿음이 빠르다.

함성과 노래, 연설 가운데
딱 하나를 제외하고는―마침내―
언어가 배신한다.
지금껏 눈멀었던 도시의 밤들이
하늘로 신호를 보낸다―
별들을 향해.

창문에 걸어두었던 닳아빠진 애도의 휘장이
줄 맞춰 발길을 옮기는
행인들에게 짓밟히리라.
다른 이들은 집 앞으로 뛰어나오리라,
짧은 악수를 나누기 위해
자신의 모든 지인과 모든 낯선 이들에게
물건을 전달하듯, 다음과 같은 진실을 전하기 위해서―

사람들이 이 땅에 가져온 건
칼이 아니라 평화라고.

출전: "Walka. Tygodnik Literacko-społeczny młodych" nr 11/12 (w.) Dziennik Polski
nr 104, Kraków, 21 May 1945, p. 5.

음악가 야넥

Janko muzykant°

전쟁에서 죽은 그를 기억하며

1

눈물 흘리는 유리창 너머를 당신이 암울하게 바라보고 있다.
때아닌 비 때문에 당신의 일정이 어긋나버린다.
당신이 손가락으로 창틀을 두드린다.
당신의 눈에 비친 건, 텅 빈 공간.

백 개의 물방울이 유리창을 적시는 모습을 나는 바라본다,
묵묵히 사색의 무게를 짊어진 물방울들이
습기의 흔들림 속에서 팽창하며, 망설이듯 매달려 있다,
잠시 후면 가느다란 줄을 그으며 아래로 떨어져 내릴 것이다.

○　　1905년에 노벨문학상을 수상한 헨릭
시엔키에비츠Henryk Sienkiewicz(1846~1942)가
1879년에 발표한 단편 제목. 음악에 대한 천부적인
재능과 순수한 열정을 가진 한 시골 소년이 빈곤하고
척박한 현실의 벽에 부딪혀 결국 목숨처럼 소중히
간직했던 꿈을 상실한 채 죽음에 이르는 내용을 담고
있다. 19세기 말 현실 개혁과 사회 계몽에 적극적으로
앞장섰던 실증주의적 사관에 입각하여 씌인 이 작품을
통해 시엔키에비츠는 교육의 기회를 누리지 못했던
당시 낙후된 시골의 현실을 생생하게 고발하고,
고통받는 소외 계층에 대한 사회의 무관심을
질타하였다.

나는 고개를 돌리고는
당신의 놀란 두 눈을 향해,
곤란한 듯 일그러진 입술을 향해, 우스꽝스럽게 외친다—
나는 알고 있다고, 네가 떠난다는 사실을.

2

낮이 조용히 식어간다.
저녁은 서늘할 것이다.
산들바람에 우리의 이마가 식는다.
목소리가 잦아들고, 목소리가 찢긴다—
큰 소리로 부르는 게 힘겹다.
한숨으로 묻는다:
　　돌아올 거야?…… 내일?……

이별의 시간이라고 촛불이 적는다,
밀랍으로 빚은 눈물방울로.
천장까지 닿을 듯한 당신의 거대한 그림자가
한 손을 번쩍 들어 올리며
거수경례한다:
　　돌아올 거야. 바로 내일!

3

수줍고, 어리고, 끈적거리는 초록빛 잎새.
잡아 뜯어서, 발로 밟고, 상처 내고 싶다.
햇빛에 무럭무럭 박동하고, 기다림이 뭔지도 모르는
저 뻔뻔함을 혼내주기 위해.

나는 두 손에 증오의 힘을 꽉 움켜쥐고 있다,
뒷골에는 분노가 뒤엉켜 있다.
짧고, 거품 같은 잎새의 생(生) 때문에,
태연히 사라져버리는 저 염치없음 때문에.

나는 잎새를 끌어모아 거대한 건초 더미를 쌓을 것이다,
그리고 사방(四方)의 끝자락을 불태우리라.
낯선 하늘이 연기로 흐릿해질 때—
어쩌면 내 염원이 이루어질 수도 있으니.

네가 돌아오라고 기도하리라,
세상의 모든 신에게.

4

어디서나 흔히 볼 수 있는 무덤가에 핀
베지 않은 꽃봉오리들.
함부로 밟아서는 안 된다.
죄악이다.

그저 슬픔으로 찾아 헤맨다,
오래전부터 알던 속세의 지인들에게 묻는다:
어디에 있나?

5

잔가지와 잡초가 우거진 구불구불한 길.
숨을 깊게 들이쉬며 그늘진 숲 향기를 만끽한다.
공허의 한복판, 애초부터 피로에 젖은
두려움과 그날의 추억들이 놓여 있다.

빈터에 점점 가까워진다.
누군가가 기다란 은빛 실로 멜로디를 튕기고 있다,
아마도 바이올린 선율인 듯
알 듯 모를 듯한 곡조가 들려온다.

첫번째 태양이 벌써 몇 달 전부터
밝고 따뜻하게, 팔 위에서 녹아내린다.
하늘에서는 메아리가 새로운 국경을 찾아 헤맨다,
숲에서는 발자국들이 서성대고 있다.

모든 이들을 제치고, 모든 사람 중 딱 한 명이
돌아오는 중―죽음이 충만한 그곳으로부터,
여기 음악가 야녝이 오고 있다.
발소리가 들린다, 멜로디가 들린다.

출전: "Inaczej" (Jednodniowka literacko-społeczna), 1945 September, p. 8.

9월에 관한 기억
Pamięć o wrześniu

너무 오래된 어머니의 특권:
성전(聖殿)에 가서 아들 찾기.
심장이 멈췄건만
가슴팍에선 시계가 재깍거린다—
대체 왜, 폭격에 떨어진 잎새가
다른 잎새를 스치듯
얼굴을 어루만지는 걸까?

가을 녘 폴란드의 평야
가을 녘 폴란드의 언덕—
도로를 가득 메운 자들은 누구이며,
과연 어떻게 상처에 붕대를 감았을까?
국경들이여—주먹을 힘껏 움켜쥘 수 있는
기운이 너희에겐 남아 있다.

우리에게 발판을 다오,
세상으로 나아가리니—
9월 폴란드의 숲

9월 폴란드의 강!
말갛게 갠 하늘 아래
김이 모락모락 피어오르는 핏물이
냇물처럼 흐르고 있다.

출전: "Dziennik Literacki", R.II, nr 2(45), Kraków, 8-14 January 1948, p. 7.
초고의 제목은 「1939년 9월에 관한 기억Pamięć o wrześniu 1939」이었지만, 1964년
바르샤바의 PIW 출판사에서 출간된 『시선집Wiersze wybrane』에는 제목을 「9월에 관한
기억」으로 바꾸어 수록하였음(참고로 1939년 9월 1일에 독일이 폴란드를 전격적으로
침공하면서 제2차 세계대전이 시작되었음).

1월에 관한 기억

Pamięć o styczniu

자, 어쨌든 널빤지로 세상을 때려 부수자,
겨울철 강풍에 맞서기 위한 조언이니.
폭발로 인해 입을 쩍 벌린 창문에 박힌 건
조각난 유리의 반짝이는 광채뿐.

미약한 벽난로의 불꽃은 입김을 불어 끌 필요조차 없다,
깨진 기와 조각들이 굴뚝 속으로 쏟아지는 중.
성냥이나 장작불은 그저 잠시일 뿐,
하늘은 영원히 붉은 자국투성이다.

밤이 와도 눈을 붙이지 못하리니.
소식을 기다리며 우리는 얼어붙었다.
거리를 지나는 해방군의 행렬,
그 무게에 요란하게 흔들리는 유리창이
자유를 외친다, 때가 왔노라고.

우리의 귀에서 언어는 여전히 멀리 떨어져 있다.
우리의 눈앞에는 신도시(新都市)가 펼쳐져 있다:

—군중의 머리 위에서 무수히 휘날리는 깃발들,
—파편들, 경련에 떨고 있는 쇳덩이들.

말발굽과 바퀴가 눈[雪] 위에 고랑을 만든다.
어제의 탄식에 대한 응답이다.
얼어붙은 심장의 해빙기(조국, 조국이다).
돌처럼 굳었던 주먹의 이완.

담벼락의 핏자국—손의 온기로 덮혀서—살아 꿈틀거리리라.
영광을 위해 피 흘린 이들—근심에 휩싸인 이들.
우리는 세상과 맞서며 말없이 그 무게를 짊어지는 중이다:
어떻게 살아야 이 순간을 감내할 수 있을지.

출전: "Głos Pracy", R.III, nr 80, Kraków—Katowice, 16-28 February 1947, p. 9.
초고의 제목은 「1945년 1월에 관한 기억Pamięć o styczniu 1945」이었지만, 1964년
바르샤바의 PIW 출판사에서 출간된 『시선집』에는 제목을 「1월에 관한 기억」으로 바꾸어
수록하였음.

이름 없는 병사의 키스
Pocałnek nieznanego żołnierza

그렇게 총알이 몸을 관통하고 나니
인간의 모든 것이 내게는 낯설기만 하다,
턱없이 부족한 시간을 제외하고는,
뜨거운 돌풍과도 같은 그 시간을
나는 지나고 있다. 투쟁의 희열은 나를 배제했다.
희열을 위한 투쟁, 산산이 부서진 문(門)에 관한 꿈이
당신들과 마주하고 있으니. 동지들이여, 차렷!

시골길, 백발(白髮)의 그리움,
흐느끼는 버드나무가 무성하다.
어머니는 편지 두 통을 연거푸 부치고,
세 통, 그리고 또 네 통째 편지를 보내리라.
공중을 떠돌다 지쳐버린 연처럼
저 높은 곳과의 간격이 줄어들기 전에
나는 작은 상처 안에 내 몸을 누일 것이다,
세상은 크니까, 너무도 거대하니까.

시인들이여, 주인공의 죽음에 통곡하는
이 묘비명은 잘못되었다.
그 병사는 당신들의 시가 될 수 있었다,
낯선 이의 죽음에 우울해하는 모습으로.

하지만 그는 주인공이 되고 싶지 않았다,
아가씨들은 화석처럼 굳어버렸다,
어제의 손길이 여인들에게
믿음직한 농담처럼 키스를 보낸 그 순간에.

출전: "Dziennik Literacki", R.II, nr 2(45), Kraków, 8-14 January 1948, p. 7.

서방으로 보내는 편지
List na Zachód

너는 내 근심거리―어두운 내면.
그리고 드러나지 않은 내 회한.
하지만 네가 골똘히 응시하며 기다리는 한,
열심히 귀 기울이며 주시하는 한
언제든 네 귀환에 대해 논의할 수 있다.

이곳에선 팔꿈치를 기운 옷을 걸친 건달이
공사 현장의 목재 더미에 걸터앉아
너를 깔보며 다리를 흔들고 있다.
말 대신: 애초에 화재(火災)가 있었다.
말 대신: 애초에 폐허가 있었다.

대지를 용서하라, 너무 멀리 있음을,
아니면 거기서 뿌리를 뽑듯 기억을 도려내라.
시대가 그랬노라며 스스로를 용서하지 마라!
그저 바다를 그리워하는 조개껍데기의 고동 소리일 뿐.

아버지가 잡초를 말아 담배를 만든다.

노쇠한 손끝에서 담뱃불이 떨린다.

오늘도 아버지는 담배를 마느라 지칠 대로 지쳤다,

담뱃불이 성난 말파리처럼 맹렬히 피어오르기도 전에.

이곳에선 이렇게 삶이 완결된다.

이곳에선 이렇게 세상이 완결된다.

−1946년

출전: "Dziennik Literacki", R.II, nr 24(67), Krakow, 13-19 June 1948, p. 3.

시에게 보내는 헌사
Dedykowanie Poezji

1

하늘과 나뭇잎에 깃든 한낮의 빛깔은
크레파스 상자에서는 찾을 수 없다.
정원이 그늘 속으로 숨어버리기 전에
눈[目]을 말[言]로 바꿔야만 한다.

햇볕을 쬐고 있는 게으른 시인들의 영리함과
줄기에서 줄기로 빈둥대며 옮겨 다니는 파리의 그것은 다르다,
파리는 라틴어로 자신의 이름이 뭔지도 모르고
햇볕이 얼마나 심술궂은지도 모른다.

너희들은 시(詩)보다 약하다.

너는 날아오르면서 자신의 존재를 잊어버렸다.

2

빈집에 부는 바람 같다고 그가 생각한다.

도시의 한순간: 성벽에 내려앉은 햇볕.
창문 하나가 자신의 어둠을 열어젖힌다.
비애(悲哀) 따위는 없다. 벽들로 에워싸인 올가미 속에는.

누군가에게 전달된 사망 통보.
그로 인해 탁자 위에 놓인 차가 식는다.
안락함이라고는 찾아볼 수 없다. 비누 거품 같은 말들도.

세상의 한순간: 적막은 기다려주지 않는다.
모래 알갱이 같은 윙윙거림이 창문을 두드린다.
일말의 서정성도 없다. 돌에게도 꿈에게도.

3

공터에서 점점 인적이 사라진다.
나는 낯선 곳을 바라보듯 공터를 응시한다.
아이 하나가 남기고 간 부지깽이와 굴렁쇠—
지구에서 끄집어낸 둥그런 적도(赤道)

지금은 각자의 염원을 토로할 시간:

더 나은 내일을 보고 싶다,
드넓게 열린 내일이, 네 눈앞에 펼쳐지기를
그리고 화염 속에서 움켜쥔 손을 볼 수 있기를,
언젠가의 네 손처럼.

공터에 어둠이 내려앉았다.
굴렁쇠는 아침까지 기다릴 것이다.
불장난은 절대 안 된다.
그러면 더더욱 널 볼 수 없을 테니.

_____

출전: 쉼보르스카가 타이프라이터로 남긴 원고. 집필 연도는 1946년으로 기록되어 있음.

인생의 줄
Linia życia

트럭이 덜커덩거린다.

석탄이 한가득.

아침이 코앞.

먼지 더미 속에 새겨진 바큇자국.

노파여, 너는 부지런히 움직여야 한다,

시커먼 부스러기를 줍기 위해 등을 굽혀야만 한다.

나는 찾고 있다, 손바닥에서 무엇이 보이는지:

드넓은 세상, 미래의 나날, 희열.

내 손바닥에 새겨진 인생의 줄—

허리 숙여 절하느라 굽어버린 등,

모든 건 내 탓: 짐수레 뒤에서 살피는 중.

추위에 시퍼렇게 질린

마녀의 매복(埋伏).

한파 속에서.

— 1946년

출전: 쉼보르스카가 타이프라이터로 남긴 원고에는 1946년으로 기록되어 있고, 아래 잡지에 수록되었음. "Świetlica Krakowska", R.II, nr 19, Kraków, p. 295.

위령의 날
Zaduszki

회한을 맛보려고 여기 온 게 아니다;
그보다는
나뭇잎에 묻은 축축한 얼룩을 털어내기 위해서다,
그래야 잎새가 훨씬 아름답고 가벼워지니까.

싸우려고 여기 온 게 아니다;
그저 미약한 불씨를 활활 타오르게 하기 위해,
바람으로부터 그 흔들림을 막아주기 위해서다.

공간은 더는 외롭지 않을 것이다:
전나무와 과꽃 장식으로
보기 싫은 무덤을 덮어버릴 테니까.

그 순간 더 많은 일이 벌어질 것이다:
우리 위로 공포가 아니라 적막이 내려앉을 테니.
그것은 수많은 시도가 깃든 적막일 테니.

여기서 시(詩)를 기다린 건 아니다;

내가 온 건

찾아내고, 낚아채고, 움켜쥐기 위해서다.

살기 위해서다.

출전: 쉼보르스카가 타이프라이터로 남긴 원고에는 1946년으로 기록되어 있고, 아래 잡지에 수록되었음. "Świetlica Krakowska", R.II, nr 19, Kraków, p. 295.

정상(頂上)
Szczyt

구름과 바위.
예감과 촉감.

이곳에선 심장이 쪼그라들며
세상에 우선권을 내주기 십상.

돌멩이는 심연(深淵)에 굴복하고 만다.
부주의한 모든 외로움이 그러하듯이.

시냇물은 돌처럼 천천히 흐르고
하늘이 수풀 사이에서 바스락거린다.

저 멀리 아래쪽에서는 오늘이 수요일,
ABCD, 그리고 끼니를 때울 빵 한 조각.

출전: 쉼보르스카가 타이프라이터로 남긴 원고. 집필 연도는 1946년으로 기록되어 있음.

방랑
Wędrówki

1. 폴나 거리 Ulica Polna

시어(詩語)와 햇볕으로부터 신뢰받는
한 소년이 이른 새벽부터
정류장에 서 있었다.
일상의 첫 발자국이 지나갈 시간은
아직 멀었다.
진실을 찾던 소년은
누구와도 동맹을 맺지 않았다.

소년이 생각했다:
'어제 새벽녘과 비슷하구나.
내일 새벽녘에도 비슷하겠네.'

폴나Polna란 이름의 거리는
도시에 견고하게 밀착되어 있다.
어스름에 맞춰 어두워지고
잠에서 제일 먼저 깨어난다.

전차를 기다리던 소년이
거리를 향해 반란을 부추겼다.

그가 말했다:
"희뿌연 거리여,
먼동이 틀 때 희끄무레한 거리여"
하지만 지금은 이렇게 살아 있는 자들이 모여드는 중.
모퉁이의 어둠이 그들을 거리로 내몰고 있다.
이 시각이 되면 모든 지인이 나와
서로 인사를 주고받는다.
나이에 따라 모자의 챙을 기울이고
덕담순으로 날씨에 대해 운운하며
경사진 강둑에 서서
덜컹거리는 철로를 바라본다.

"먼동이 틀 때 희뿌연 거리여,
만약 꽃송이를 네게 잔뜩 던져놓으면
사람들은 흔쾌히 집어 들리라,
오늘의 행운을 빌면서."

2. 동상(銅像)이 들어설 자리 Miejsce na pomnik

통통한 몸집의 풋내기 처녀가

보드카와 체리주(酒)가 있노라 말한다.
잠을 설친 표정의 노파,
소녀처럼 기른 머리와 담배.
청년의 손가락에서 번뜩이는 반지,
달러가 달러를 찬양한다.
그들의 소동이 소년을 에워싼다,
그들의 미소는 얼굴에서 사라져
동공에만 깃들어 있다,
그 순간 그가 생각했다:
"경솔했던 어느 시대에
여기 시인의 동상이 있었다",
그 순간 그가 예견했다:
"청동보다 더 단단한 돌들을
그 시대와 함께 내가 짓밟아버릴 테다."

이것은 인생, 멜로디, 그리고 조국
병사의 하모니카 연주에 딱 들어맞는다!
이따금 가락이 끊긴다,
한 손으로 경례를 붙이는 동안.
낮이여, 현란한 색채들을 끌어모아라—
지폐에 알록달록한 도안이 있으니.
지나가던 소년이 거기에
자신의 발자국을 찍어놓았다.
그가 경고했다:

"경솔한 사람들이여, 여기
낯선 동상이 세워질 것이다."

그가 예언했다: "입가에 하모니카를 갖다 댄
병사의 동상.
돌로 만든 동상이 음악을 깨워낼 것이다.
팔기 위한 것이 아닌, 진짜 음악을."

3. 깃발 만들기 Szycie sztandaru

천 위에서 오가는 여인들의 부산한 움직임이
견디기 힘든 휴일을 싼값에 팔아치운다.
문간에 서 있는 하찮은 소년의 눈에는
마치 꿈을 꾸듯 모든 것이 이상스럽다,
오늘, 이 순간, 가위의 쩔렁거림과
옆으로 기울어진 바늘땀의 리듬이
내일이면 바람결에 펄럭이게 될 것이다.

흰색과 붉은색의° 재봉(裁縫) 작업실
일사불란하게 움직이는 손들을 향해 소년이 밝게 인사한다,
흰색과 붉은색이 서로 만나는 순간
소년은 생각한다,
'어휘가 필요한 건

○   폴란드의 국기는 흰색과 붉은색이 같은 너비의
가로선으로 이루어져 있다.

경이로움 때문이니
모든 시에는 '경이로움'이라는 이름이
붙어 있다'고.

소년의 낯빛이 흐려진다:
"나의 말은
늘 비애로 가득하겠지.
너무도 무력하겠지."

4. 치수 Wymiary

공간과 시간의 방랑자
용량이 완전히 파괴되어버린 장소와 나날들.
소년은 끊임없이 되뇌었다,
집, 폭격, 그리고 하늘의 기억을.
세 개의 벽이 폐허 속으로 사라져버렸다:
넓이 높이 길이
네번째 벽은 벌거벗었다,
마치 시간처럼. 치수와 무게처럼.

창틀의 안쪽에
연필로 힘겹게 그어놓은 눈금들.
아이의 키를 재는

뻔뻔한 손길!
위쪽을 살펴봐라: 더 이상 눈금은 없다.
그보다 선명한 건 자국들이다,
젊은 날의 호리호리함을 관통하여
성숙의 높이에 이르기까지
생의 눈금자에 새겨진 총알 자국들.

소년의 입은 꽃 이름을 대는 시험에
통과하지 못했고,
소년의 심장은
꽤 오랫동안 하나의 사랑만 품고 있었다—
점잖음과 신중함에 대한 지속적인 강박,
젊음을 젊음이라 부르기엔
이곳이 너무 비좁다는 생각에
소년은 괴로워한다.

—1946년

미소에 관하여
Temat uśmiechu

한낮의 화창함으로부터 파닥거리며
그늘진 건물 안으로 추락한
한 마리 새를 붙잡아본다. 심장이 백배나 용감해진다 :
"친구여, 모험이란 이런 거지!"

그 새가 자유를 만끽할 수 있도록
창공의 바다로 날려보내면
모퉁이에서 의아한 눈빛이 그 뒤를 쫓으리라,
시간의 눈과 책의 눈이.

                                        −1947년

쫓는 자들과 쫓기는 자들에 관해
O ścigających i ściganych

시간은 돌이 쌓이는 것이니
삶을 살아낸다는 건, 돌 던지기와 같은 것.
이방인의 단어로 땅을 부른다.
타인의 숨결이 하늘을 지탱한다.
거리의 창문—암석의 시선들은
낮도 밤도 보지 못한다.
도로—화강암 계곡은
발자국의 단단한 음성에 흔들린다.
벽에 고정된 그들의 시신이 촘촘히 열 지어
걸어간다—그들의 새하얀 동공은
죽어버렸다, 이미 오래전에 먼 곳에서.
측량한다—그들의 새하얀 동공은
죽어버렸다, 명석하게 측량하기 위해서.
여기서는 기대할 수 없다,
살아 있는 육체 속 살아 있는 동공들의 법령 따위는.

등에 죽음의 무게를 짊어지고 있다
옷깃에 머리를 파묻은 내 형제는

재빨리 인지했다, 대문을 어둠을
구불구불한 계단의 자비로운 적막을.
사는 동안 그는 언제나 살폈다: 집 안의 모퉁이를,
난간의 일부를, 벽의 호흡을.
때로는 유리 조각이 있었다.
그 옆에서 그가 남은 화살을 세었다.
거기 그의 심장이 있었다:
최전방의 전선(戰線) 같은 빛줄기로
그가 자신의 심장을 칭칭 감았다,
타다 남은 석탄재에서 피어오르는
꺼지지 않는 불꽃이 나를 태웠다.
시간은 돌이 쌓이는 것,
하지만 불길 속에서 도시가 세워졌다.

-1947년

돌아온 회한
Powrót żalu

숲은 알아볼 수가 없고
하늘에는 아무런 흔적도 남지 않았다.
하늘과 숲은 사격의 바늘땀으로
죽을힘을 다해 꿰매어졌다.

내 것도, 네 것도, 그 누구의 것도 아닌 대지여.
흘러가는 구름이여.
나도 모르는 마지막 상념이여.
소리 없는 사격이여.

죄와 벌에 대한 아무런 예감 없이
먼지보다 하찮은 순간들로
나는 너보다 오래 살아남았다, (날 용서치 말기를)
마치 꿈속의 그 아이처럼. 벌레처럼.

두 배의 삶: 삶과 너.
두 배의 죽음: 죽음과 나.
두 배의 공허: 너와 네 아들,
결코 내가 낳은 적이 없는.

－1947년

유대인 수송
Transport żydów

바깥세상은 온전하다:
원경(遠景)은 온통 숲으로 채워져 있고
언덕은 시냇물로 목을 축인다,
팽팽한 공기 아래 도사린 죽음.
철로의 동력에 갇힌 그들의 얼굴이
밀폐된 어둠으로 바뀐다.
비명은 소리 없는 납처럼 잠잠해졌다.
지면의 깊이를 입증하려는 듯 파헤친 구덩이.

관례에 따라 첫째 날 밤 기차는
오랫동안 서 있었다―모두를 기다려주진 않았다.

"당신은 제게 인생의 여명을 가르쳐주셨죠,
책에서, 풀벌레에서, 나뭇잎에서.
아버지, 오늘은 당신의 주먹에
증오의 핏자국이 눌어붙어 있네요."

관례에 따라 둘째 날 밤 기차는

오랫동안 서 있었다―모두를 기다려주진 않았다.

"보이지 않는 흐느낌이 우리에게 무슨 소용인가",
아내여, 영원한 내 아내여.
눈물이란 숨을 훔쳐 얻은 것이다.
육신은 죽음보다 무겁다.

관례에 따라 셋째 날 밤 기차는
오랫동안 서 있었다―모두를 기다려주진 않았다.

"아들아, 내 작은 아가,
판자의 갈라진 틈으로
네 입에 양식을 공급하렴,
내 텅 빈 품 안에서
네가 한 호흡이라도 더 생명을 유지할 수 있도록."

나흘째 밤이 되자 인간은
저항이 극에 달한 객차의 문을 열어젖혔다,
그의 가슴은 갈기갈기 찢겨 있었고,
가슴속에는 그 누구를 향한 일말의 용서도 없었다.

−1947년

전쟁의 아이들
Dzieci wojny

단어들로 시선에 불을 지폈다.
시선으로 단어에 불을 놓았다.
숫자의 고군분투를
회한의 깊은 한숨으로 바꿔놓았다.

범람하는 물결 속에서 인파가 거세게 휘몰아쳤다,
인파의 능선이 용솟음치다 터져버렸다.
얼굴을 훤히 드러낸 머리통들이 갈기를 휘날리며
연단의 아래쪽을 향해 고개를 숙인다.

날아다니는 문장들을 연설자가 허공에 매달아놓았다—
그의 시선이 아이들을 포착했다.
머리가 허옇게 센 아이들이
공포의 시간을 일깨웠다.

소리 높여 함성을 지르기도 전에
가파른 암벽처럼 울퉁불퉁한 자신의 손을 보면서
피를 흘리고 있음을 알았다.

지난 전쟁의 파편들이 온몸에 박혀 있었다.

무거운 짐을 지고 가다 일격을 당한 짐꾼처럼
그가 휘청거리며 연단에서 내려섰다.
군중을 향해 조용히 하라는 수신호를 보내며
소리 낮춰 말했다.
"기억이 제 등에 얹은 이 무거운 짐을
짊어지고 갈 수 있게 도와주세요."

— 1947년

익살스러운
에로 시
Erotyk żartobliwy

내 목에는 산호 목걸이가 걸려 있다.
각각의 산호 알은 기쁨의 나날이다,
예기치 못한 사건들과 부딪히며
점점 견고해지는.

멜로디가 너무도 고요하고 나직해서
박자를 맞추는 것 외에는 내가 할 수 있는 게 없다.
네 귀에 들리려면
너도 함께 흥얼거려야만 한다.

너로 인해 나는 존재하지 않는다.
나는 원소의 작용이다.
공중에 남기는 대기의 흔적
아니면 물 위에 그리는 동그라미.

네가 눈을 뜨면,
내 것만 가져가리니
너의 영토와 불은
네 곁에 고스란히 남겨두리라.

― 1947년

검은 노래
Czarna piosenka

질질 끌며 연주하는 색소포니스트, 어릿광대 색소포니스트에겐
아무 말도 필요치 않다, 세상을 살아가는 자신만의 방법을 터득
했기에.

미래—누군가가 예언하겠지. 과거에 누군가가 그랬듯이.

눈을 껌뻑이며 생각을 떨쳐버리고, 검은 노래를 연주한다.

사람들이 얼굴을 맞대고 춤을 춘다. 춤을 춘다. 갑자기 누군가
가 쓰러진다.

장단에 맞춰 머리로 바닥을 치면서. 모두가 리듬 속에서 그를
지나친다.

그의 눈엔 춤추는 사람들의 새하얀 무릎이 보이지 않는다.

요란한 인파를 뚫고, 기묘한 빛깔의 어둠 속에서, 여명이 창백
하게 눈꺼풀을 뜬다.

우리 법석 떨지 말자. 그는 살아 있으니. 그저 술을 너무 많이
마셨기 때문이거나

관자놀이에 묻은 피는 립스틱 자국일 수도 있잖은가? 이곳에선
아무 일도 일어나지 않았다.

그저 누군가가 바닥에 쓰러졌을 뿐. 혼자 넘어졌으니, 혼자 일어서리라,

하물며 저 끔찍한 전쟁통에서도 살아남았거늘. 사람들이 밀폐된 달콤함 속에서 춤을 춘다.

환풍기 바람에 뒤섞여버린 온기와 냉기,

색소폰 선율이 분홍빛 등불을 향해 강아지처럼 울부짖는다.

−1947년

현대의 발라드
Ballada Dzisiaj

어째서 시인은 이맘때가 되면
어김없이 허기가 지는 걸까,
바람이 나무줄기를 구부러뜨리고
가지에서 꽃잎을 흔들어놓을 때,
그리고 태양이 여전히 우리를 감동시킬 때,
햇빛에 반짝이는 작은 주먹으로
조각구름을 움켜쥐고 싶어 하는
아이의 첫 환희처럼.

유행가가 울려 퍼지는 교차로에서
부드러운 작별을 수없이 겪은 애인,
하지만 만남에는 늘 경솔한 그녀가
연녹색 꽃다발에 입술을 갖다 대며
기다리고 있다.
시인의 눈에는 그녀가 그렇게 보였다.
그리고 오늘 시인은 그녀를 사랑했다.

시인은 능숙한 사랑의 선동가는 아니었다.
그녀에게 말했다: 나만의 순간과
다른 이들의 순간을 구별할 수가 없어요.
나와 함께 갑시다. 만약 당신이 그냥 가버리면
난 불행해질 겁니다.
그 어떤 달력도 내게 알려주지 않아요,
어떤 게 나의 일요일인지.

내가 그대의 입술을 시어(詩語)에 담아
저 높은 곳으로 들어 올리기 전에
나, 세상을 유영하는 공기처럼 자유롭고
갑옷으로 단단히 무장한 나는
나의 말부터 드높일 거예요,
자유를 위해 싸우고
평화를 수호하는 민족들의 심장보다
백배나 더 높은 곳으로.

그는 잎사귀처럼 돋아난 그녀의 손에
머리를 파묻었다.
이름을 조용히 되뇌었다,
마치 오랜 기억 속에서 끄집어낸 것인 양.
그러고는 그는 무모했지만 행복한 이들이 지나간
닳고 닳은 길을 따라 걸어갔다,
무모하게 사랑에 빠진 연인의 길을 따라 걸어갔다.

태양을 바라보며 소녀는
눈물이 가득 고인 두 눈을 깜빡였다.
구름을 바라보며
힘겨운 작별의 문구를 읽었다.
하지만 그녀는 그 소녀가 아니었다.
나는 법을 배우는 새처럼
얼굴과 손을 들어 올린 채
그녀가 그를 따라 달려간다. 달려가버렸다.

−1948년

나에게 던진
질문

Pytanie zadawane sobie

사랑에 빠진 이들
Zakochani

어찌나 고요한지 귓가에 생생히 들린다,
어제 우리가 부른 노래가:
"너는 산으로 가고, 나는 계곡으로……"
두 귀로 들으면서도 우리는 믿지 못한다.

우리의 웃음은 슬픔의 가면이 아니요,
우리의 선량함은 희생을 요구하지 않는다.
우리는 사랑하지 않는 이들을 애처롭게 여긴다,
합당한 만큼보다 훨씬 더 많이, 지나칠 정도로.

우리는 서로에게 너무도 경이로운 존재다,
세상 그 무엇도 이런 놀라움을 안겨주지는 못하리니.
밤하늘에 뜬 찬란한 무지개도,
새하얀 눈밭 위를 날아다니는 나비 한 마리도.

우리가 잠들면
꿈에서 이별이 보인다.
그래도 그것은 좋은 꿈,

그것은 좋은 꿈이다,

언젠가는 깨어나기 마련이므로.

예티를 향한 부름

Wołanie do Yeti

하니아
Hania

봐라, 여기 충직한 하녀, 하니아가 있다.
이것은 프라이팬이 아니다, 광륜(光輪)이다.
용과 싸우는 기사, 신성한 이미지다.
이 눈물의 골짜기에서 용은 헛된 환영에 지나지 않는다.

이것은 목걸이가 아니다, 하니아의 묵주다.
무릎을 자주 꿇어 발가락 부근이 닳아빠진 그녀의 신발.
그녀의 스카프는 검은빛이다,
　교회 종탑에서 새벽종이 울릴 때를 기다리며 지새우던
어두운 밤들처럼.

어느 날 하니아는 거울의 먼지를 닦다가 악마를 보았다:
이크, 신의 가호를! 누런 줄이 새겨진 시퍼렇게 멍든 몸에
일그러진 입술, 험악한 눈초리로 악마가 쏘아보네요,
악마가 내 이름을 명부에 적어 넣으면 어떡한담?

그래서 그녀는 기도를 바치고, 미사를 봉헌하고,
은빛 광채를 내뿜는 하트 모양의 목걸이를 샀다.

새 사제관을 짓는 공사가 시작된 순간부터
모든 악마가 그늘 속으로 사라졌다.

죄의 유혹으로부터 영혼을 지키는 비용은 어마어마했고,
그러다 노년이 찾아와 근근이 살아가는 처지가 되었다.
가진 거라곤 하나 없는 하니아는 어찌나 말랐는지
바늘귀 속에서도 길을 잃을 지경이 되었다.

5월이여, 색채를 버리고 12월의 회색빛으로 무장하라.
잎이 무성한 가지여, 부끄러운 줄 알아라.
회개하라, 빛을 내뿜는 태양이여, 창공을 떠도는 구름이여.
봄이여, 눈과 함께 자취를 감추고 천국에서 꽃을 피워라.

나는 그녀의 웃음소리도, 울음소리도 들은 적이 없다.
겸양과 체념이 몸에 밴 그녀는 삶에서 아무것도 욕망하지
않는다.
그녀와 동행하는 건 그림자—죽음의 비애.
누더기가 된 그녀의 스카프가 바람에 펄럭이며 울부짖는다.

기념
Upamiętnienie

그들은 사랑을 나누었다, 개암나무 수풀 속에서
이슬에 맺힌 햇살이 영롱히 빛나는 곳에서.
마른 나뭇잎과 모래가
머리카락 속으로 파고들었다.

제비의 심장이여
그들에게 자비를 베풀어주오.

그들은 호숫가에 무릎 꿇고 앉아서
머리에 묻은 잎사귀를 털어냈다,
물고기들이 별무리처럼 떼 지어
기슭으로 헤엄쳐 왔다.

제비의 심장이여
그들에게 자비를 베풀어주오.

흔들리는 나무 그림자가
호수에 잔물결을 그린다,

제비여, 그들이 오늘을
결코 잊지 않게 해주오.

제비여, 구름 속의 가시여,
대기를 가르는 닻이여,
개선된 이카로스여,
승천의 연미복이여,

제비여, 붓으로 휘갈긴 서체(書體)여,
분(分) 없는 시곗바늘이여,
고대 조류(鳥類)의 고딕 양식이여,
천상의 곁눈질이여,

제비여, 날카로운 정적이여,
애절한 유쾌함이여,
연인들의 후광이여,
그들에게 자비를 베풀어주오.

장례식 1
Pogrzeb 1

그들이 진흙에서 두개골을 파내서,
대리석 무덤 속에 안장했다,
자장자장 곤히 자렴,
진홍빛 쿠션에 놓인 훈장들아.
그들이 진흙에서 두개골을 파냈다.

종이에 적힌 내용을 낭독했다.
① 그는 건실한 청년이었습니다,
② 오케스트라여, 음악을 연주하시오,
③ 그가 만수무강하지 못해 유감입니다.
그들이 종이에 적힌 내용을 낭독했다.

국민들이여, 고마워하시오,
여러분에게 주어진 축복에 대해,
한 번 태어나는 인간이
두 개의 무덤을 가질 수도 있음에.
국민들이여, 부디 고마워하시오.

이 정도면 가두행진(街頭行進)에 충분할 테니,
천 개의 트롬본과
인파를 단속하기 위한 경찰들,
추모를 위해 울리는 종소리들,
이 정도면 가두행진에 충분할 테니.

그들의 시선은 하늘로 향한 채
은밀하게 살피는 중이다,
부리에 폭탄을 문 비둘기 떼가
날아가고 있는지 확인하려고.
그들의 시선은 은밀하게 살피는 중.

계획에 따르면 군중과 비둘기 사이엔
오로지 나무들만 있어야 했다.
무성한 잎사귀에 파묻혀
침묵을 노래하는 나무.
군중과 비둘기 사이엔.

대신 여기, 돌로 만들어진 협곡 위에
가동교(可動橋)°가 놓여 있다,
탱크에 짓눌려 평평해진 바닥,
인파의 신음을 기다리는 메아리.
여기에 가동교가 있다.

ㅇ   성 둘레의 해자(垓字)에 걸친, 들어 올리는
다리. '도개교'라고도 함.

피를 철철 흘리면서 군중이 떠나고 있다,
아직 희망을 품은 채,
종에 매달린 밧줄이 시시각각
허옇게 바래고 있음을 모른 채.

여전히 피를 철철 흘리면서.

브뤼겔의 두 마리 원숭이

Dwie małpy Bruegella

꿈에서 대입 면접 전형을 치르는데
창가에는 사슬에 묶인 두 마리 원숭이가 앉아 있다.
창 너머로 하늘이 날아다니고,
바다는 멱을 감는다.

나는 인류의 역사에 관해 구두시험을 보는 중.
말을 더듬으며 한창 죽을 쑤고 있다.

원숭이 한 마리가 나를 뚫어져라 바라보며
빈정거리듯 듣고 있고,
또 한 마리는 아마도 꾸벅 졸고 있는 듯,
내가 질문을 받고 말이 막히면,
원숭이 한 마리가 가만히 사슬을 흔들어
살짝 귀띔해준다.

한여름 밤의 꿈
Sen nocy letniej

아든 숲°이 벌써 빛나고 있다.
가까이 오지 마.
바보, 멍청이,
난 이미 세상과 타협했는걸.

빵도 먹고, 물도 마셨는걸.
바람에 흔들리고, 비에 흠뻑 젖기도 했는걸.
자, 그러니 조심해, 썩 물러가!
자, 그러니 어서 두 눈을 가려!

달아나, 달아나라고, 하지만 육지로 말고.
헤엄쳐, 헤엄치라고, 하지만 바다로 말고.
날아가, 날아가라고, 자, 착하지?
하지만 공기는 건드리지 말고.

우리 두 눈을 감고 서로를 바라보자.
우리 입을 꾹 다물고 대화를 나눠보자.

○   영국 중동부의 산림 지대로 셰익스피어의 희곡
「한여름 밤의 꿈」과 「당신이 좋을 대로」의 공간적 배경.
'낭만적인 이상향'의 뜻으로도 쓰임.

우리 두꺼운 벽을 사이에 두고 서로를 안아보자.

우리는 그다지 익살스럽지 못한 한 쌍의 광대:
달빛 대신 숲이 휘영청 빛난다.
피라무스°여, 불어오는 바람이
네 여인의 방사능 코트를 찢고 있다.

○   고대 로마의 시인 오비디우스가 쓴 비극으로
셰익스피어의 「한여름 밤의 꿈」에 극중극 형식으로
삽입되어 유명해진 작품이다. 또한 「로미오와
줄리엣」에 영감을 준 작품으로도 알려져 있다. 어릴
때부터 이웃으로 자라난 피라무스와 티스베는 서로
사랑하는 사이지만 집안 사이의 불화로 사랑을 이루지
못한다. 두 사람은 양쪽 집의 벽이 맞닿는 곳에 생긴
작은 틈을 통해 몰래 대화를 나누며 사랑을 속삭인다.
어느 날 밀회를 약속한 들판에서 피라무스를 기다리던
티스베는 갑자기 나타난 사자를 보고 놀라서
도망치다가, 자신이 쓰고 있던 베일을 떨어뜨리게
된다. 약속 장소에 조금 늦게 도착한 피라무스는
사자가 물고 있는 티스베의 베일을 보고, 그녀가 죽은
걸로 오해하고, 호신용 칼로 자신의 가슴을 찔러
자살한다. 한편 다시 약속 장소로 돌아온 티스베는
피라무스의 시신을 발견하고, 자신도 같은 칼로
가슴을 찔러 최후를 맞는다.

세상을 고찰하다
Obmyślam świat

나는 세상을 고찰하는 중,

제2쇄, 개정판

바보에겐 웃음을,

우울증 환자에겐 눈물을,

대머리에겐 머리빗을,

강아지에겐 구두를.

여기 목차가 있다:

제1장—동물과 식물의 말.

각 종(種)마다 고유한 언어로 된 사전이 제공된다.

"안녕하세요"—물고기와 주고받는

이 간단한 인사가

당신과 물고기를, 그리고 모두의 삶을

훨씬 특별하게 만들어주리라.

오래전부터 귓가에 들려오던 그들의 언어,

숲의 즉흥연주가

갑자기 명백한 단어로 탈바꿈했다!

부엉이의 서사시가!
고슴도치의 경구(驚句)는
그들이 잠들어 있다고
우리가 방심하던 순간,
그때를 틈타서 탄생했다.

제2장―시간
시간은 좋은 일이든, 나쁜 일이든
모든 것에 끼어들 권리를 가졌다.
산도 부숴버리고,
바다도 옮길 수 있으며,
별들의 순환에도 관여할 수 있지만,
사랑에 빠진 연인들을 갈라놓진 못한다,
그들이 너무 적나라한 알몸에,
너무 꽉 부둥켜안고 있기에,
어깨 위에 앉은 한 마리 참새처럼
너무 겁에 질려 있기에.

내 책에서 노년은,
죄 많은 자가 생(生)에서 그 대가를 치르는 시기.
오호라, 그래서 다들 여전히 젊은 게로군!

제3장―고통
육신을 모욕하지 않는다.

죽음,
당신이 잠들 때, 다가온다.

죽음이 깃들 때 당신은 꿈을 꾸리라,
굳이 숨을 쉴 필요가 없는 그곳에서
호흡조차 거세된 완전한 적막이
그럴듯한 음악으로 탈바꿈하리라,
당신은 작은 불꽃처럼
리듬 속에 묻혀 서서히 사라지리라.

죽음이란 그저 이런 것.
어쩌면 장미를 손에 쥐었을 때
당신은 더 심한 고통을 느꼈으리라.
어쩌면 꽃잎이 땅에 떨어지는 걸 보면서
당신은 더 큰 두려움을 느꼈으리라.

세상이란 그저 이런 것.
단지 이렇게 살다가 이렇게 죽으면 그뿐.
그 밖의 모든 건
어쩌다 톱으로
연주한
바흐의 푸가와 같은 것.

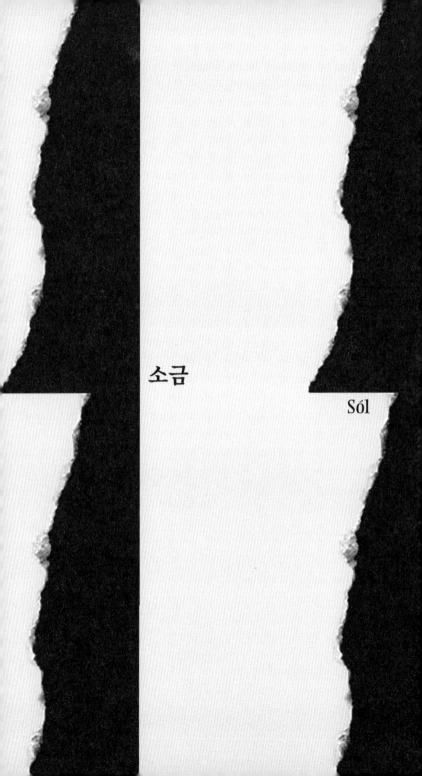

소금

Sól

가르침
Lekcja

누가: 알렉산더 대왕이 무엇으로: 검으로
벤다, 누구를/무엇을: 고르디오스 왕의 매듭을.°
그때까지 이런 방법은 누구에게: 아무에게도 떠오르지 못했다.

백 명의 철학자가 있었지만 아무도 풀지 못했다.
그들이 지금 구석에서 몸을 사리는 건 당연한 일이다.
군인의 무리가 그들의 턱수염을 움켜잡았다,
허옇게 센, 가느다란 염소수염을.
그리고 터져 나온다, 무엇이: 우렁찬 웃음이.

그것으로 충분하다. 대왕은 깃털 장식이 달린 말 위에 앉아
이 광경을 쳐다보고는 길을 떠난다.
나팔 소리 경적을 울리고, 북소리 장단 맞춰 뒤를 따른다.

○   프리기아Phrygia의 왕 고르디오스는 기원전
334년 전차에 묶여 있는, 산수유나무 껍질로 만든
밧줄의 매듭을 푸는 사람이 장차 세계의 왕이 될
것이라 예언했다. 당시 사람들은 그것을 신의 뜻이라
믿고 매듭 풀기에 도전했으나 모두 실패했다. 이를
본 알렉산더 장군이 잠시 생각하다 칼을 뽑아 밧줄을
끊어서 매듭을 풀고 왕이 되었다. 이후 어려운
문제를 명쾌하게 해결했을 때 '고르디오스의 매듭을
자른다'는 표현을 쓰게 되었다.

무엇 때문에: 매듭 때문에 결성된 누가: 군대가 행군한다,
어디로: 전쟁터로.

나머지
Reszta

오필리아는 광란의 노래를 불렀고,
불안한 심정으로 퇴장했다,
드레스 자락이 구겨지진 않았을까,
금발의 풍성한 머리채는 어깨 위로 단정히 흘러내렸을까.

현실적인 요구에 따라, 절망의 눈빛을 강조하려고 검게 칠했던 눈썹을
꼼꼼히 지운다, 폴로니어스°의 딸답게 깔끔하게.
머리카락에서 떼어낸 나뭇잎도 꼼꼼히 확인한다.
오필리아여, 덴마크◇가 그대와 나를 부디 용서해주기를:
나는 날개를 단 채 죽을 테고, 실용적인 발톱을 길러 살아남으리라.
사랑 때문에 *Non omnis moriar* — 모든 것이 죽어 없어지는 것은 아닐지니.

○　　셰익스피어의 「햄릿」에서 오필리아의
아버지이자 덴마크의 재상. 그를 왕으로 착각한 햄릿에
의해 죽임을 당하고, 이에 충격을 받은 오필리아 역시
미쳐서 죽고 만다.
◇　　「햄릿」은 덴마크의 엘시노어 성(城)을
배경으로 하고 있다.

콜로라투라

Koloratura

나뭇가지 모양의 가발을 쓴 채 서서
그녀가 목에서 눈부신 소리의 파편을 쏟아내고 있다:
이탈리아어의 매끄러운 음절이 은빛으로 반짝인다,
마치 가느다란 은백색 거미줄처럼.

콜로라투라는 높은 음 '시'를 통해
동족인 인간을 보듬고 사랑한다.
그녀의 목구멍에는 빛나는 거울들이 들어 있다,
그녀의 성대가 낱말들을 삼등분, 사등분, 잘게 쪼갠다,
바삭바삭한 빵가루에 달콤한 설탕 가루를 뿌려
부드러운 휘핑크림이 가득한 찻잔에 퐁당,
어린양을 배불리 먹인다.

자, 문제는 잘 들리느냐는 거다. 불쌍한 콜로라투라!
바순의 어두운 저음(低音)이 그녀를 향해 슬금슬금 다가오고
있다.
무거운 선율이 탐스러운 검은 눈썹을 휘날리며 그녀를 납치
해서

부숴버릴지도 모른다.

바소 프로폰도Basso Profondo°, 자비를 베풀라!

도레미doremi 므네 드켈mane thekel◇ 기타 등등……

바순이여, 그대는 그녀가 침묵하기를 원하는가?

그녀를 무대 뒤편, 싸늘한 세상으로 데려가고 싶은가?

혹한의 설원으로? 기침이 끊이지 않는 타타르△의 산중으로?

입을 열 때마다 갈라지고 쉰 목소리가 터져 나오는 곳으로?

불쌍한 영혼들이

물고기처럼 입만 빠끔거리는 그곳으로?

오, 안 돼! 절대 안 돼! 파멸의 순간이 닥쳐온다 해도,

그녀는 턱을 높이 쳐들고 자세를 고수할 것이다!

머리카락처럼 가늘고 얇은 그녀의 목소리,

잠시 허공에 매달려 위태롭게 흔들린다,

그녀가 숨을 깊게 들이마시고,

○　　　베이스 중에서도 가장 낮은 극저음.

◇　　　『구약성서』, 「다니엘서」 5장 25절에는 다음과
같은 구절이 나온다.

"지극히 거룩하신 하느님께서 손가락을 내보내시어
저 글자들을 쓰게 하신 것은 이 때문입니다. 저기 쓴
글자들은 '므네 므네 드켈', 그다음은 '브라신'입니다.
그 뜻은 이렇습니다. '므네'는 '하느님께서 왕의
나라 햇수를 세어보시고 마감하셨다'는 뜻입니다.
'드켈'은 '왕을 저울에 달아보시니 무게가 모자랐다'는
뜻입니다. '브라신'은 '왕의 나라를 메대와 페르샤에게
나눠주신다'는 뜻입니다."

△　　　폴란드 남부, 슬로바키아와 국경을 마주한
지역에 위치한 거대한 산맥.

메아리가 천장에 부딪히는 그 순간까지.

거기서 눈부시게 맑고 투명한 복스 후마나Vox humana°가

빛줄기처럼 쏟아져 내린다.

○   인간의 목소리를 그대로 흉내 내서 만든 리드
오르간reed organ.

시 낭송의 밤

Wieczór autorski

뮤즈여, 권투 선수가 아니라면, 이 순간 난 아무것도 아닌
존재다.
환호하던 우리의 청중은 다 어디로 갔을까.
행사장엔 고작 열두 명,
이제 시작해야만 할 시간이다.
비가 오는 바람에 절반만 참석,
나머지는 친지들. 뮤즈여.

가을밤, 여인들은 기꺼이 환호하며 까무러치리라,
이곳이 권투 경기장이라면.
단테의 지옥은 링 위에만 존재할 뿐.
천국도 마찬가지겠지. 뮤즈여.

권투 선수가 아니라 시인이 될 것.
세상에 근육의 위용을 제대로 보여주지 못하면

난해한 노르비드°로 영원히 낙인찍힐 수도 있다,
운이 따르면 교과서에 실릴 수도 있겠지만.
오, 뮤즈여, 페가수스◇여,
꼬리 잘린 천사여.

맨 앞줄에 앉은 노인이 달콤한 잠에 빠져 있다:
먼저 떠난 부인이 무덤에서 일어나
노인에게 살구 파이를 구워주고 있나 보다.
파이가 타지 않도록 불의 세기를 알맞게 조절해가며,
자, 이제부터 낭독을 시작하련다. 뮤즈여.

○   치프리안 카밀 노르비드Cyprian Kamil
Norwid(1821~1883): 폴란드 낭만주의 시대의
시인으로 당대에는 인정받지 못하다가 훗날
문학사가들에 의해 재평가되었다.
◇   그리스신화에 나오는 은빛 날개를 단
천마(天馬). 영웅 페르세우스가 괴물인 메두사의
목을 칠 때 암석에 뿌려진 핏자국에서 태어났다고
전해진다.

묘비명

Nagrobek

여기, 몇 편의 시를 쓴 고리타분한 여성 작가가
마치 쉼표처럼 누워 있다.
그녀의 주검은 어떤 문학 동호회에도 속한 적이 없으나
대지는 그녀에게 영원한 안식을 주었다.
그래도 운율 맞춘 가락들과 우엉 넝쿨, 부엉이만큼
묘지에 어울리는 건 없으리니.
지나는 이들이여, 가방에서 전자두뇌를 꺼내보시구려,
그리고 잠시, 쉼보르스카의 운명에 대해 명상에 잠겨보시길.

코미디의 서막
Prolog komedii

음악의 실체를 눈으로 보고 싶어서 유리로 바이올린을 만들었다. 나룻배를 산꼭대기로 끌고 가서 바닷물이 거기까지 차오르기만을 하염없이 기다렸다. 밤마다 열차 운행표를 읽는 데 몰두했다. 종착역을 읽을 때면 가슴이 북받쳐 올라 눈물을 흘렸다. '장미' 말고 '즈앙미'를 길렀다. 머리카락을 돋아나게 하는 주문을 담은 시(詩)를 썼다. 두번째 시 또한 마찬가지였다. 낙엽이 지는 것을 영원히 멈추게 하려고 시청의 벽시계를 망가뜨렸다. 쪽파를 심어놓은 화분 속에서 거대한 도시를 발굴하려고 했다. 한쪽 다리에 지구를 매단 채 걸었다, 미소를 지으며, 아주 천천히, 2+2는 2라 여기며 마냥 행복하게. 더는 이 세상 사람이 아니라는 말을 들은 순간, 억울한 나머지 도저히 죽을 수가 없었다, 그래서 다시 태어났다. 아마 어딘가에 버젓이 살아서 눈을 껌뻑거리며, 무럭무럭 자라고 있을 것이다. 기막힌 타이밍에! 적절한 순간에! 은총이 가득한 우리의 어머니, 다정하고 슬기로운 기계의 정령이여, 적절한 여흥과 순진한 쾌락엔 그저 어릿광대가 제격이니.

몽타주
Wizerunek

만약 신들이 총애하는 자들이 요절할 운명을 타고났다면,
남은 생(生)을 어떻게 보낼까?
청춘이 생의 정점이라면
노년은 생의 나락일 텐데.

나라면 여기서 꼼짝 않으리라.
한쪽 발만 딛고서라도 청춘으로 남겠다.
생쥐의 찍찍거림처럼 가느다란 콧수염을 붙들고
공중에 매달려 있으리라.
이러한 자세로 나는 끊임없이 새로 태어날 것이다.
내가 아는 유일한 방법이 이것뿐이기에.

하지만 나는 늘 한결같은 모습이리라:
양손엔 마술 장갑,
첫 가장무도회 때 꽂았던 부토니에르°,
젊은 시위꾼의 가성(假聲),
침모(針母)의 꿈에 나타난 카지노 딜러의 얼굴,
그림을 그릴 때마다 내가 따로 뽑아내어

○   가슴의 단추 구멍에 꽂는 꽃.

95

깍지 벗긴 완두콩처럼 던져버리길 즐겼던 눈동자,
이 광경을 보며 실험실 개구리의 반사작용처럼
군중의 허벅지가 전율하는 게 좋았기에.

그대들 또한 놀라시오.
놀라시오, 제기랄, 디오게네스°의 술통 같으니라고,
아이디어만큼은 내가 그를 능가할 테니.
간구하시오,
영원한 시작을.
내가 손아귀에 쥐고 있는 건
먹물에 흠뻑 적신 거미들
그리고 이것을 화폭 위로 던진다.
나는 또다시 세상으로 나왔다.
예술가의 배 위에서
새로운 배꼽◇이 활짝 피어난다.

○   기원전 5세기 중반에 활동했던 그리스
퀴닉학파의 철학자. 부(富)나 쾌락을 경멸하는
금욕주의를 지향했던 디오게네스는 술통에
기거하면서, 집도 없이 거지로 떠돌며 평생을 지냈다.
천하를 호령했던 알렉산더 대왕도 아무런 욕심
없이 행복을 느끼는 디오게네스를 보면서 열등감을
느꼈다고 한다.
◇   폴란드어로 '세상의 배꼽'이라는 표현은
'세상의 중심'이자 '아주 중요한 사람'을 의미한다.

애물단지

Sto pociech

기억이 마침내
Pamięć nareszcie

기억이 마침내 무얼 찾고 있었는지 알아낸다.

어머니를 찾아내고, 아버지를 발견했다.

그들을 위해 꿈속에서 탁자와 의자 두 개를 준비했다. 그들이
앉았다.

그들이 다시금 내 가족이 되어 살아났다.

마치 렘브란트의 그림에서처럼

어슴푸레 땅거미가 질 무렵, 두 얼굴에 밝은 등불이 켜진다.

이제야 비로소 말할 수 있을 것 같다.

얼마나 많은 꿈속에서 그들이 방황했었는지,

얼마나 많은 무리 속에서 얼마나 여러 차례, 바퀴에 깔린
그들을 끄집어내야만 했는지,

얼마나 많은 죽음의 순간에 그들이 안타깝게 내 손아귀를
빠져나갔는지.

잘려져 나간 그들이 다시금 휘어진 가지로 되살아난다.

부조리가 그들에게 가면을 쓰도록 했다.

내 몸 밖에서 그들이 고통스럽지 않다는 게 무슨 소용이란
말인가,

내 안에서 이토록 고통스러워 하는데.

꿈속에서 사람들의 무리가 내 목소리를 들었다, 엄마를
부르는 소리,

찢어질 듯 날카롭게 나뭇가지를 뒤흔드는 그 외침을.

그리고 어디선가 까르르 웃음소리, 아버지의 머리에 리본이
달려 있다고 비웃는 수군거림.

부끄러움 탓에 나는 잠에서 깨어났다.

아, 기억이 마침내 떠오른다.

여느 때처럼 금요일에서 토요일로 넘어가는

지극히 평범하고 일상적인 밤이었다.

내가 그토록 바랐던 그들이 갑자기 나를 찾아왔다.

꿈 따위에 속박되지 않은 한없이 자유로운 모습으로.

다른 누구도 아닌, 자신에게만 복종하는 당당한 모습으로.

그 장면의 안쪽, 깊숙한 곳에서 모든 가능성이 소멸되었다.

우연이라고 하기엔 최소한의 형상이 부족했다.

그들만이 눈부시게 아름다웠다, 자신의 모습 그대로였으므로.

그렇게 그들은 오래오래 행복하게 살았을 것만 같았다.

잠에서 깨어나 눈을 떴다.

정교하게 조각된 액자 틀과 같은 세상을 향해 나는 손을
뻗었다.

카산드라를 위한 독백

Monolog dla Kasandry

여기, 나 카산드라가 왔습니다.

이곳은 잿더미에 파묻힌 나의 도시.

이것은 예언자의 지팡이와 리본.

그리고 이것은 의심으로 가득 찬 내 머리입니다.

내가 승승장구한 건 사실입니다.

내 예언의 정당성은 불꽃이 되어 하늘을 붉게 물들였죠.

사람들로부터 신뢰받지 못했던 몇몇 선각자들만이

이런 예지력을 갖고 있었답니다.

시작부터 어긋난 몇몇 선각자들,

자신의 예언이 너무 빨리 실현된 나머지

아예 존재하지도 않았던 것처럼 여겨지는 선각자들만이.

지금도 생생하게 기억합니다,

실컷 떠들어대다 내 얼굴을 보곤 갑자기 입을 다물던 사람들을.

웃음이 뚝 끊겼습니다.

마주 잡은 손들은 서로를 뿌리쳤습니다.

아이들은 엄마에게로 달려갔습니다.

그 애들이 짧은 생에서 가졌던 이름조차 나는 알지 못했습니다.

그리고 초록빛 나뭇잎에 관한 그 노래—

아무도 내 옆에서 그 노래를 끝까지 불러주지 않았습니다.

나는 그들을 사랑했습니다.

하지만 저 높은 곳에서 사랑했습니다.

생의 저편에서.

미래에서. 언제나 텅 비어 있는 그곳에서,

거기라면 죽음을 지켜보는 게 한결 수월하게 여겨졌으니까요.

내 목소리가 너무 딱딱했던 게 후회스럽습니다.

"하늘의 별에서 자신을 내려다보세요."—나는 외쳤습니다.

"하늘의 별에서 자신을 내려다보세요."

그들은 분명 내 목소리를 들었지만, 시선을 떨궜습니다.

그들은 삶 속에서 살았습니다.

거대한 광풍에 휩쓸린 채.

유죄 선고를 받은 채.

태어난 순간부터 작별을 고하는 육신 속에 갇힌 채.

하지만 그들은 촉촉한 희망을 품고 있었으니,

그것은 스스로의 깜빡임으로 위태롭게 타오르는 불꽃.

그들은 알고 있었습니다. '순간'의 의미가 무엇인지,

그게 어떤 순간이든, 무엇이든 그저 주어지기만을 바랐습니다,

부디 그 이전에—

결국 내가 옳았음이 판명되었습니다.
하지만 그 덕에 얻은 건 아무것도 없네요.
이것은 불에 슬쩍 그슬린 가운.
이것들은 예언자의 잡동사니 폐물.
그리고 이것은 일그러진 얼굴.
자신이 아름다울 수도 있었단 사실을
전혀 알지 못하는 나의 얼굴.

비잔틴의 모자이크
Mozaika bizantyjska

"친애하는 테오트로피아Theotropia° 황후여!"

"친애하는 테오덴드론Theodendron◇ 황제 폐하!"

"오, 사랑스러운 그대, 홀쭉한 두 뺨이 얼마나 매력적인지."

"오, 늠름한 그대, 새파란 입술이 얼마나 멋지신지요."

"종(鐘) 모양의 긴 가운 속에 감춰진
매력으로 가득한 말라비틀어진 육신,
만일 그대가 가운을 벗어젖히면
왕국은 온통 소란에 휩싸일 것이오."

○   그리스어로 '테오스'는 신(神)을 뜻하며,
'트로피아'는 '순환' '회전' '반환' '전향' 등의 의미를
갖고 있다. 직역하면 '변형의 신'이 된다. 비잔틴의
황제나 황녀의 이름 앞에는 '테오도시우스'의
경우처럼 종종 '테오'를 붙이곤 했다. 이 시에 등장하는
'테오트로피아'와 '테오덴드론'은 쉼보르스카가
만들어낸 가상의 이름이다.
◇   그리스어로 '덴드론'은 '나무'를 뜻한다.
직역하면 '나무의 신'이 된다.

"오, 그대는 얼마나 멋지게 야위었는지,
나의 주인, 나의 지배자여!
내 그림자의 또 다른 그림자여."

"내 여인의 저 가녀린 손바닥
얼마나 사랑스러운지.
메마른 종려나무 가지를
외투에 꽂아놓은 듯하구나."

"테오덴드론 폐하, 하늘을 향해 손을 높이 쳐들고,
우리의 아이를 위해 자비를 간구하겠어요.
장차 우리처럼 되지 않게 해달라고."

"신의 가호가 있기를,
테오트로피아여, 기도하시오,
우리의 아들이 거룩한 품성을
타고날 수 있게."

"진실을 고백할 테니, 폐하께서는 부디 귀 기울여주셔요.
나는 죄인을 낳았습니다.
새끼 돼지처럼 혈색 좋고
토실토실 기운 센 아기를.
통통한 살집에 쭈글쭈글한 주름으로 덮인 채
우리를 향해 떼굴떼굴 굴러왔답니다."

"아이가 뚱보라고?"

"네, 그래요."

"아이가 먹보라고?"

"네, 사실이에요."

"아이가 투명한 장밋빛 피부를 가지고 있다고?"

"네, 이미 말씀드린 대로."

"영적인 예지력을 가진
우리의 수도원장께서는 뭐라고 기도하시던가?
뼈만 앙상하게 남은
거룩한 은자(隱者)는 뭐라고 말했지?
그들이 어떻게 이 사악한 아기의
비단 포대기를 벗길 수 있었지?"

"변형의 기적 또한 구세주의 권능이랍니다.
갓난아기의 추한 꼴을 보더라도
비명을 지르지 말아주셔요.
곤히 자는 악마를 너무 일찍 깨우면 안 되니깐요."

"겁에 질린 나는 그대와 닮은꼴이오.
자, 앞장서시오, 테오트로피아."

토마스 만

Tomasz Mann

친애하는 인어들아, 결국 이렇게 될 수밖에 없었구나.

사랑스러운 숲의 정령들이여, 고결한 천사들이여,

진화(進化)는 단호하게 너희를 쫓아내버렸구나.

상상력이 부족한 건 진화가 아니라 바로 너희들이다,

데본기(紀)°의 꼬리지느러미와 충적토◇로 빚어진 너희의
가슴,

손가락이 가지런히 돋아난 손과 갈라진 발굽,

날개 대신이 아니라 날개와 더불어 생겨난 어깨,

생각만 해도 소름 끼치는, 2계통의 조상으로부터 물려받은
골격,

때를 잘못 타고난 꼬리와 악의적으로 돋아난 뿔,

아니면 규칙을 어기고 돋아난 새의 부리들, 혼종(混種)들,
결합체들,

솜씨 좋게 대구(對句)를 이룬 인간과 백로(白鷺)의 2행시,

그 후손은 모든 것을 아는 불멸의 존재, 어쩌면 하늘을 날 수
도 있으리라,

　　　　　　　○　　고생대 실루리아기와 석탄기의 중간 시대 또는
　　　　　지층을 말한다.
　　　　　　　◇　　토양 물질이 바람에 의해 물에 떠내려와서
　　　　　퇴적된 흙을 일컫는다.

하지만 너희 스스로도 인정하겠지, 이것은 고약한 농담임을,
영원한 과잉이며, 자연의 모성(母性)이
원치도 않고, 허락지도 않는 골칫거리임을.

그래, 좋다. 몇몇 물고기들에게 도전적인 실험의 일환으로
하늘을 나는 걸 허용했다고 치자.
규칙이 지배하는 세상에서 그들의 비상(飛上)은 위로가 될
것이며,
보편성의 한계를 뛰어넘는 것이며,
세상은 꼭 이래야만 한다는 당위성을 극복하는 자애로운
선물일 것이다.

그래, 좋다. 어쩌다 진화가 이런 진귀한 장면을 허락했다고
치자.
예를 들면 오리너구리°가 새끼에게 젖을 먹이는 장면.
그동안 착취당했다는 사실을 우리 중 누군가가 알게 된다면
진화는 과연 아니라고 부정할 수 있을까?

하지만 이 진화의 사슬에서 백미(白眉)는
멋진 깃털이 달린 만년필을 손에 든 한 포유동물이 출현했
을 때,
진화가 그 순간을 그만 놓쳐버렸다는 사실이다.

　　　　　　　　　ㅇ　　　오스트레일리아산(産)으로 수서(水棲)의
　　　　　　　　　최하등 포유동물.

움직임
Ruch

여기서 넌 이렇게 울고 있는데, 저기서 다들 춤추고 있다.
네 눈물 속에서 흔들리며 춤추고 있다.
저기서 신나게 즐기고 있다, 유쾌하기 짝이 없다.
저들은 아무것도 모른다, 정말 아무것도.
거울의 반짝거림인 것 같기도 하고
촛불의 깜빡거림인 듯도 하다.
혹시 계단이나 회랑인가?
레이스 커프스, 아니면 우아한 손짓인가?
산소와 수소, 철없는 악동들.
염소와 나트륨, 말썽꾸러기들.
맵시 좋은 질소가 아치형 지붕 아래서
추락하고, 날아오르고, 빙글빙글 돌면서
화려한 춤사위를 펼치고 있다.
여기서 넌 울면서 그들을 위한 눈물의 선율을 연주하고 있다,
아이네 클라이네 나흐트무직Eine kleine Nachtmusik°.
가면무도회에 참가한 아름다운 여인, 그대는 누구인가?

○ 모차르트의 세레나데 13번으로 '한밤의 작은
세레나데(소야곡)'로 일컬어짐.

만일의
경우

Wszelki wypadek

고인들의 편지
Listy umarłych

우리는 고인(故人)들의 편지를 읽는다, 무력한 신(神)들처럼,

그래도 신은 신이다, 미래에 닥쳐올 날짜를 알고 있으므로.

청산되지 못한 빚들에 대해 훤히 알고 있고,

어떤 남자와 과부들이 서둘러 재혼했는지도 꿰뚫고 있기에.

불쌍한 고인들, 맹목적인 고인들.

잘 속아 넘어가는, 실수투성이의, 서투르게 신중한 척하는

고인들.

그들의 등 뒤에서 사람들이 어떤 표정과 몸짓을 하는지 우리

는 다 보고 있다.

갈기갈기 찢긴 유언장이 버스럭대는 소리를 우리는 듣는다.

죽은 이들이 우리의 눈앞에 우스꽝스럽게, 천연덕스럽게

앉아 있다,

아니면 자신의 머리에서 벗겨져 날아간 모자의 꽁무니를

정신없이 뒤쫓고 있다.

그들의 저급한 취향, 나폴레옹, 증기와 전기,

얼마든지 완치될 수 있는 병에 대한 그들의 치명적인 치료법.

성 요한의 바보 같은 계시록.

장 자크Jean Jacques 아무개가 만든 지상의 거짓 낙원.

체스 판 위에 놓인 그들의 말들을 우리는 침묵 속에서 주시하고 있다.

단지 딱 세 수(手)만 뒤져 있을 뿐.

고인들이 예견한 모든 것은 현실과는 현저히 달랐다,

아니면 조금 다르거나, 다시 말해 확연히 다르거나.

고인들 중 열성분자들이 확신에 차서 우리의 눈을 응시한다.

우리의 눈 속에서 완벽함을 발견하리라는 그 나름의 계산으로.

양로원에서

W przytułku

야브원스카Jabłońska, 누구를 말하는지 다들 아실 거예요.

우리 사이에서는 여왕마마로 통하는 거만한 그녀,

목에는 늘 화려한 스카프를 두르고, 머리를 곱슬곱슬 말아
올린 그녀,

아들 셋을 먼저 천국에 보냈고, 거기서 그들이 자신을 내려다
보고 있다고 믿고 있지요.

"그 애들이 전쟁에 나가 죽지 않았더라면, 난 이곳에 오지
않았을 거야.

겨울엔 큰아들과, 여름엔 둘째와 살았겠지."

그녀는 그렇게 생각했습니다.

확신은 한결같았습니다.

그녀는 고개를 끄덕이면서

죽지 않고 용케 살아남은 우리 아이들에 관해 묻곤 합니다.

왜냐하면

"명절에는 셋째 아들이 집으로 초대했을 테니까요."

막내는 분명 새하얀 백조나 비둘기가 끄는
눈부신 황금 마차를 타고 나를 찾아왔을 겁니다,
모두가 똑똑히 볼 수 있도록,
생생히 기억할 수 있도록.

야브원스카 여사가 해묵은 신세타령을 시작하면
간호사 마니아Mania°조차 이따금 웃음을 터뜨립니다.
애석하지만, 일요일과 여름 휴가 때 말고는 줄곧
우리를 위로하는 게 그녀의 임무거든요.

○   폴란드에서 다소 촌스럽다고 여겨지는 구식의
여자 이름이다. 오늘날 갓난아기에게 '마니아'란
이름을 지어주는 경우는 거의 없다. 폴란드 사람들은
하녀, 혹은 유모의 전형적인 이름이라고 생각한다.

부활한 자의 산책
Spacer wskrzeszonego

교수는 이미 세 번 죽었다.

첫번째로 죽은 뒤에 머리를 움직이라고 했다.

두번째로 죽은 뒤에 의자에 앉아보라고 했다.

세번째로 죽은 뒤에는—심지어 두 발로 일어서게 했다.

뚱뚱하고 건장한 유모가 옆에서 그를 부축한다.

자, 이제 우리 가벼운 산책을 해봅시다.

사고를 당한 뒤 그의 뇌는 심각한 손상을 입었다.

얼마나 많은 고난을 감내했는지 경이로울 지경.

오른쪽과 왼쪽, 빛과 어둠, 나무와 풀을 구분하기, 그리고
음식을 먹는 고통까지.

"교수님, 2 더하기 2는 뭐죠?"

"2."—교수가 대답한다.

이전의 대답들보다는 한결 낫다.

'아프다, 잔디, 앉는다, 벤치.'

정원의 가장자리에는

이 세상만큼이나 늙고 오래된 새 한 마리가
또다시 날아와 앉아 있다.
생기도, 핏기도 없는 저 새는
벌써 세 번이나 이곳에서 쫓겨났다,
어쩌면 교수를 키운 진짜 유모일지도.

교수가 새에게 가까이 가려 한다.
우리에게서 벗어나려 또다시 발버둥 친다.

군중의 사진
Fotografia tłumu

군중의 사진에서
내 머리는 끝에서 일곱번째.
혹은 왼쪽에서 네번째,
아니면 밑에서 스무번째.

어느 것이 내 머리인지 모르겠다.
단 하나의 유일한 머리도 아니고,
나머지 머리들과 차이도 없다.
남녀의 구분조차 확실치 않다.

각각의 머리가 가진 특징은
아무런 특징도 되지 못한다.

오직 시대의 영혼만이 내 머리를 찾아낼 수 있으려나,
하지만 내 머리에는 눈길조차 주지 않는다.

통계에 충실한 내 머리는
자기 몫으로 할당된 강철과 밧줄을

가장 세계적으로, 가장 침착하게 소비하고 있다.

어떤 모습이건 상관없기에 부끄러움도 없고,
무엇으로든 대체할 수 있기에 절망도 없다.

마치 내게 머리란 게 아예 없었던 것처럼,
고유한 방식이든, 개별적인 방식이든.

이름 없는 유골들로 가득 찬 공동묘지에서
발굴된 주인 없는 두개골,
육신은 먼지로 사라졌지만,
그런대로 잘 보존된 머리통인 것처럼.

그 누구의 것도 아니고, 누구나의 것이기도 한 내 머리가
거기에 본래부터 놓여 있었던 것처럼,

그 속에서 머리가 뭔가를 기억해낸다면
필경 까마득히 먼 미래일 것이다.

어린이와의 인터뷰

Wywiad z dzieckiem

얼마 전부터 우리 중에 위대한 거장이 있다.
그래서 그는 구석마다 웅크린 채 기다리고 있다.
손으로 얼굴을 가리고, 손가락 틈새로 살펴보고 있다.
벽을 바라보며 서 있다가, 갑자기 고개를 돌린다.

거장은 마지못해 터무니없는 생각을 집어치운다,
시야에서 벗어날지라도 책상은 변함없이 책상이라든지,
등 뒤에 놓인 의자는 여전히 의자라는 틀에 갇혀
일탈의 시도조차 하지 않는다든지 하는 생각들.

세상을 다르게 인식하는 것은 분명 쉬운 일이 아니다.
사과나무는 눈 깜빡할 사이에 창문 아래 제자리로 돌아온다.
알록달록 무지갯빛 참새는 적절한 순간에 잿빛으로 변한다.
찻주전자의 주둥이는 제 안에서 물결이 찰랑거릴 때마다
꿀꺽 삼켜버린다.
한밤중에 깨어 돌아다니던 옷장은 어느 틈에 한낮의 모습
으로 돌아와 얌전을 빼고 있다.
서랍은 제 안에 들어 있는 물건들이 전부 누군가가 예전에
넣어놓은 것이라며

거장을 설득하려 애쓴다.

동화 속 공주님은 항상 때맞춰 그림 속 자신의 자리로 돌아
간다.

거장이 한숨을 내쉰다. "그들은 나를 낯설다고 느낄 거예요.
함께하는 놀이에 이방인을 끌어들이고 싶지는 않겠죠."

세상에 존재하는 모든 것은 그게 무엇이든
오직 한 가지 방법으로만 존재하는 법이다,
스스로에게서 빠져나올 수 없고,
중간에 멈추거나 바꿀 수도 없는 끔찍한 상황 속에서?
여기서부터 저기까지, 한정된 구역 내에서 순종하면서?
끈끈이에 걸린 파리? 쥐덫에 걸린 생쥐?
미지의 사슬에서 단 한 번도 풀려난 적 없는 강아지?
거장의 믿음직스러운 손가락을 벌써 두 번씩이나 데게 만드
는 것 말고는
별다른 기능을 수행하지 못하는 불?
그렇다면 여기가 바로 세상의 결정판인가?
미처 다 주워 담지 못할 만큼의 부(富)와
쓸모없는 사치, 금지된 가능성이 무수히 널려 있는 곳.

"아니야"—거장이 소리치며 필사적으로 두 발을 구른다.
그의 절망은 너무나도 깊고, 절박하다.
풍뎅이처럼 여섯 개의 다리가 있다 해도 부족하리만큼.

확신
Pewność

"그러니까 경(卿)은 분명히 확신하는가? 우리의 전함이

보헤미아 사막까지 도달했다는 걸." "물론입죠, 전하!"

이것은 셰익스피어의 한 대목이다, 확신컨대,

절대 다른 누구도 아닌 셰익스피어의 것이다.

몇 가지 팩트와 날짜, 생전의 모습을 거의 그대로 재현한

초상화……

어디 한번 말해보시오. 이것으로 부족하단 말이오?

대해(大海)°의 풍랑이 증거를 휩쓸어 와서는

이승의 보헤미아 해변에 던져두고 가기만을 기다리는 게요?

ㅇ   갈릴리바다나 사해보다는 훨씬 큰
바다라는 의미로 『구약성서』에서 지중해
(地中海, the Mediterranean Sea)를 일컫는다.

고전(古典)
Klasyk

고작 몇 줌의 흙먼지, 그의 생(生)도 곧 잊히리라.

음악은 환경의 속박에서 벗어나리라.

미뉴에트에 실린 지휘자의 기침은 곧 가라앉으리라.

등에 붙인 습포제를 떼어내리라.

타오르는 불꽃이 이가 들끓는 먼지투성이의 가발을 활활
태우리라.

화려한 레이스 장식이 달린 소매 끝단에 묻은 잉크 자국이
지워지리라.

불편한 증인인 구두가 쓰레기 더미에 던져지리라.

재능이 가장 부족한 제자가 바이올린을 물려받으리라.

푸줏간의 계산서가 악보들 사이에서 발견되리라.

가엾은 어머니의 편지들이 생쥐들의 위장 속으로 직행하리라.

불행한 사랑이 자취를 감추리라.

눈은 더 이상 눈물을 흘리지 않으리라.

분홍색 리본이 이웃집 딸에게 요긴하게 쓰이리라.

신의 은총 덕분에 시대는 여전히 낭만적이지 않으리라.

사중주가 아닌 모든 것은

버려진 다섯번째가 되리라.

오중주가 아닌 모든 것은

부질없는 여섯번째가 되리라.

마흔 명의 천사로 구성된 합창단이 아닌 모든 것은

강아지의 끙끙거림이나 헌병의 딸꾹질처럼 침묵 속으로 잦아들게 되리라.

알로에베라를 심은 화분은 창가에서 어딘가로 치워지리라,

파리 잡이 살충제가 담긴 접시와 포마드 기름이 들어 있는 단지와 함께,

가려졌던 정원의 풍경이 눈앞에 펼쳐지리라,

지금껏 이곳에 단 한 번도 존재하지 않았던 풍경이.

자, 주목! 필멸의 존재들이여, 잘 들으시오,

경탄에 잠겨서 귀를 기울이시오,

오, 망연자실, 놀라워하며, 골똘히 듣고 있는 필사(必死)의 존재들이여,

"잘 들으시오"—"청중이여"—"귀를 쫑긋 세우시오"

거대한 숫자

Wielka liczba

늙은 거북의 꿈
Sen starego żółwia

거북의 꿈에 양상추 잎사귀가 나왔다.
잎사귀 옆에 황제가 홀로 서 있었다, 뜻밖에도,
수천 년 전 그대로의 모습으로.
거북이는 이것이 대사건이라는 사실조차 몰랐다.

사실 황제가 온전한 모습으로 나타난 건 아니었다,
먼저 검은 구두가 햇빛을 받아 반짝였고,
그 위로 흰 스타킹을 신은, 늘씬한 종아리가 등장했다.
거북이는 이것이 충격적이라는 사실조차 몰랐다.

아우스테를리츠Austerlitz°에서 예나Yena◇로 가는 정류장에 두
다리가 서 있고,
안개가 자욱한 위쪽 어딘가에서 왁자지껄 웃음소리가 들려온다.
당신들은 이 장면의 진위에 대해 의심을 품을 수도 있다,
버클 달린 이 구두가 정말로 황제 것인지.

○   현재 체코의 영토에 속해 있는 도시로
나폴레옹전쟁이 한창이던 1806년, 이곳에서
나폴레옹이 러시아와 오스트리아 연합군에 맞서
대승을 거두었다.
◇   독일 동부에 있는 도시. 1806년 나폴레옹이
이곳에서 프로이센 군대와 전투를 벌여 승리했다.

조각난 이미지만으로는 알아차리기 어렵다:
왼발, 또는 오른발만으로는 분간이 안 된다.
거북은 어린 시절에 대한 기억이 거의 없어
누군가가 꿈에 나타나도 잘 모른다.

황제일까, 아닐까. 그 결과에 따라
거북의 꿈도 달라지는 걸까?
누군가, 미지의 인물이 잠시 파멸의 늪에서 벗어나
세상의 빈틈을 헤집고 나타났다! 발꿈치에서부터 무릎까지만.

늙은 성악가
Stary śpiewak

"그 남자는 오늘 이렇게 노래하고 있다: 트랄라, 트라 라.

나는 옛날에 이렇게 노래했었는데: 트랄라, 트라 라.

숙녀분, 차이가 느껴지나요?

그는 여기 대신에 여기에 서서

저기가 아닌 저기를 본다.

비록 그녀가 저쪽이 아닌 저쪽에서부터 달려왔지만,

팜파 람파 팜—달려오는 대신

그저 이렇게 팜파 람파 팜—달려왔지만.

영원히 잊을 수 없는 우리의 발레리나 츄벡 봉봉Tschubeck-
Bombonieri°,

하지만

과연 누가 그녀를 기억하랴."

○   '봉봉'이란 초콜릿 안에 알코올이 들어
있는 과자로 커다란 상자 안에 여러 종류가 낱개로
포장되어 있다. 쉼보르스카는 외국에서 수입된
초콜릿 상표를 패러디하여 '츄벡 봉봉'이란 단어를
만들어냈다. 물론 발레리나의 가명으로는 어울리지
않는 우스운 이름이다. 여기서 '츄벡Tschubeck'은
중의적인 의미가 있다. 다분히 독일어를 떠올리게
하는 이 단어를 폴란드식으로 발음하면 '츄벡Czubek'이
되는데, 이것은 '최고', 혹은 '정점'을 의미하는
단어이다.

은신처
Pustelnia

은둔자는 당연히 황무지에서 살리라고 생각했겠지만
그는 상쾌한 자작나무 숲에서
정원 딸린 작은 집에 살고 있다.
대로(大路)에서 10분 거리,
표지판만 따라가면 된다.

굳이 멀리서 망원경으로 그를 엿볼 필요는 없다,
얼마든지 다가가서 그를 보고, 들을 수 있다,
소금 광산°을 구경하고 돌아온 관광객들에게
왜 이런 혹독한 고독을 선택했는지 그가 끈기 있게 설명해줄
것이다.

그는 잿빛 수도복을 입고,
허옇게 센, 기다란 수염과
아기처럼 발그레한 뺨,
반짝이는 푸른 눈동자를 가졌다.

        O   폴란드의 명물이자 유명한 관광 코스인 소금
광산은 폴란드 남단의 고도(古都) 크라쿠프 근교에
위치한 비엘리츠카에 있다. 유네스코가 지정한
세계문화유산이기도 하다.

총천연색 사진을 위해 장미 넝쿨을 배경으로
기꺼이 포즈를 취해준다.

그의 사진을 찍는 이는 시카고에서 온 스탠리 코발릭Stanley
Kowalik°.
사진을 현상하면 우편으로 보내주겠노라 약속한다.

이번에는 비드고쉬치Bydgoszcz에서 온 과묵한 노파,
수금원 말고는 찾는 이 없는 그 부인이
방명록에 글을 남긴다:
"신이여, 찬미받으소서,
죽기 전에 진짜 은둔자를 볼 수 있게 해주셔서
감사드리나이다."

젊은이들은 나무에다 칼로 새긴다:
"1975년, 이 나무 밑에 영적인 자들이 모이다."

그런데 우리의 바리Bari◇는? 어디로 사라졌지?
오라, 바리는 벤치 아래 있구나, 늑대인 척하면서.

○   전형적인 폴란드계 미국인의 이름이다.
'스탠리'는 미국 이름이고, '코발릭'은 폴란드에서 가장
흔한 성(姓)인 '코발스키'를 미국식으로 변형한 것이다.
미국으로 이민을 떠난 폴란드인들은 무려 천만 명에
달하는 것으로 알려져 있으며 이 중 약 4백만 명이
시카고에 거주하고 있다.
◇   폴란드에서 애완견의 전형적인 이름.

사과나무
Jabłonka

계절의 여왕인 5월, 떠들썩한 웃음처럼 꽃이 만개한
아름다운 사과나무 아래에서,

선과 악, 어느 것에도 흔들리지 않는 사과나무 아래에서,
그저 양쪽으로 무심히 가지를 늘어뜨린 사과나무 아래에서

누군가가 내 것이라 아무리 말해도, 그 누구의 것도 아닌 사과
나무 아래에서,
열매가 달려야만 비로소 가지가 기울어지는 사과나무 아래
에서,

지금이 몇 년도이고, 어느 나라에 와 있는지,
이 행성의 이름은 무엇이고, 어디를 향해 흘러가고 있는지 무
관심한 사과나무 아래에서,

나와는 닮은 점이 거의 없고, 나에겐 완벽하게 낯설어서
위안을 안겨주지도, 겁을 주지도 못하는 사과나무 아래에서,

무슨 일이 일어나도 개의치 않는 사과나무 아래에서,
잎사귀 하나마다 인내심을 갖고 전율하는 사과나무 아래에서,

마치 꿈에서 본 것처럼 알쏭달쏭한 사과나무 아래에서,
혹은 모든 걸 이해하고, 속속들이 꿰뚫는 꿈속에서
단 하나, 도무지 알 수 없는 사과나무 아래에서—

나는 좀더 머무르리라, 집에 돌아가지 않으리라.
집으로의 귀환을 바라는 건 죄수들뿐이니.

다리 위의
사람들

Ludzie na moście

옷
Odzież

네가 벗는다, 우리가 벗는다, 너희가 벗는다,

코트와 재킷, 스웨터, 블라우스를,

모직물과 면직물, 합성섬유를,

치마와 바지, 양말, 속옷을.

의자 등받이, 칸막이의 모서리에

얹어놓고, 걸어놓고, 던져놓는다:

의사가 말한다, 아직 심각한 상태는 아니라고,

옷을 입으세요, 휴식을 취하세요, 여행을 떠나보세요,

필요하면 약을 복용하세요, 잠들기 전에, 식후에,

다시 오세요, 석 달 뒤에, 일 년 뒤에, 일 년 반 뒤에:

그것 봐, 내가 뭐랬어? 네가 생각했잖아, 우리가 두려워했

잖아.

너희가 단언했잖아, 그가 의심했잖아;

이제는 옷깃을 여며야 할 시간,

떨리는 손으로 신발 끈과 허리띠, 넥타이, 매듭을 묶어야

할 때,

버클과 지퍼, 단추와 고리를 채워야 할 때,

그리고 소매와 가방, 주머니에서,

주름 장식, 물방울무늬, 줄무늬, 꽃무늬, 체크무늬의 스카프를
끄집어내야 할 때.

그 효용 가치가 갑자기 연장되었으므로.

위대한 사람의 집

Dom wielkiego człowieka

새하얀 대리석에 한 음절, 한 음절 금박으로 새겨져 있다:
이곳에서 위대한 사람이 살았고, 작업했고, 죽었노라.
이 오솔길은 그가 직접 자갈을 깔았다.
이 벤치는—손대지 마시오—그가 손수 돌을 깎아 만들었다.
그리고 여기서—주의! 계단 세 칸이 있음—우리는 안으로
들어간다.

가까스로 적절한 타이밍에 맞춰 그는 이 세상에 왔다.
그러곤 모든 통과의례를 이 집에서 치렀다.
성냥갑 같은 아파트,
가구는 배치되었지만, 텅 빈 공간,
낯선 이웃들 틈이 아니라 바로 이 집에서.
현장학습에 참가하는 학생들을
15층 아파트까지 끌고 올라가는 건 몹시 힘든 일이었을 테니.

이 방에서 그는 사색에 잠겼고,

이 앨코브°에서 잠을 잤고,

바로 여기서 손님을 맞았다.

초상화와 안락의자, 책상, 파이프 담배, 지구본, 플루트,

짓밟힌 양탄자, 유리로 된 베란다.

바로 이 자리에서 자신의 치수를 재러 온 재단사 혹은 제화공들과

인사를 나누었다.

이 풍경은 상자 속에 보관된 사진들과는 사뭇 다른 것이다.

플라스틱 컵에 꽂힌 잉크가 말라버린 볼펜들,

상점에서 구매한 장롱 속에 걸려 있는 기성복들,

사람보다는 구름이 더 잘 보이는 창문.

그래서 그는 행복한가? 불행한가?

문제는 그게 아니다.

그는 편지에 비밀을 털어놓고 말았다.

도중에 누군가 뜯어 보리라는 생각은 아예 못 한 채.

그는 여전히 꼼꼼하고 솔직하게 일기를 썼다.

가택수색에서 발견될 수도 있다는 염려는 전혀 않고서.

그를 불안에 떨게 하는 건 단 하나, 혜성의 충돌이다.

세상의 멸망은 오직 신의 손에 달려 있기에.

ㅇ   실내의 우묵하게 들어간 후미진 공간으로
서재, 서고, 담화실, 또는 침대를 놓고 휴게실 따위로
쓴다.

그는 운이 좋았다, 흔해 빠진 흰 칸막이 너머에 누운 채
병원에서 사망하지 않았으므로.
그의 옆에는 여전히 누군가가 있었다,
그가 내뱉은 중얼거림을 기억하고 있는 누군가가.

마치 여러 차례 재활용이 가능한 생(生)을
허락받기라도 한 듯
그는 오래된 책들을 제본하려 보냈고,
수첩에서 죽은 사람들의 이름을 지우지도 않았다.
그가 뒤뜰에 심었던 나무들은
그를 위해 아직도 무럭무럭 자라고 있다,
juglans regia, quercus rubra,
ulmus, larix, fraxinus exscelsior°라는 이름으로.

○   모두 라틴어로, 나무의 명칭이다.
juglans regia: 호두나무, quercus rubra:
떡갈나무·참나무, ulmus: 느릅나무, larix: 낙엽송,
fraxinus exscelsior: 물푸레나무.

백주 대낮에
W biały dzień

산속의 펜션에서 휴가를 즐길 수도 있었으리라.
점심을 먹기 위해 식당으로 내려올 수도 있었으리라.
창문 옆에 놓인 테이블에 앉아
네 그루의 가문비나무를 구석구석 살펴볼 수도 있었으리라,
이제 막 눈송이가 내려앉은 나뭇가지를 굳이 흔들지 않고서.

염소처럼 뾰족한 턱수염을 기르거나, 대머리가 되거나,
백발이 성성하거나, 안경을 쓸 수도 있었으리라,
살이 찌거나, 얼굴에 피로한 기색이 역력할 수도 있었으리라.
뺨에 사마귀가 나고, 이마에 깊게 주름이 파일 수도 있었으리라.
대리석으로 만든 천사의 얼굴이 진흙으로 뒤덮이듯
세월의 흔적이 덧씌워질 수도 있었으리라, 자신도 미처 자각하
지 못하는 사이에,
죽음을 일찍 맞지 않은 대가는
서두르지 않고, 천천히 치르는 게 원칙이므로,
그 또한 여태껏 살아남았다면 그 대가를 치러야만 했으리라.

144

총알이 그의 귓불을 스치고 지나갈 때,
마지막 찰나에 아슬아슬 고개를 숙이면서
"난 정말 지독히도 운이 좋았어"라고 말할 수도 있었으리라.

국수를 넣은 치킨 수프를 기다리면서
오늘 날짜의 신문을 펼쳐놓고
충격적인 헤드라인, 혹은 사소한 광고 따위를 읽을 수도 있었
으리라.
아니면 손가락으로 새하얀 테이블보를 두드릴 수도 있었으
리라,
거칠게 튼 데다 정맥이 부풀어 오른 그의 두 손은
이미 오랫동안 혹사당했을 수도 있었으리라.

때로는 누군가가 문간에서 소리칠 수도 있었으리라.
"바친스키° 씨, 전화예요."
자신을 찾는 전화를 지극히 당연하게 여기며
자리에서 일어나, 스웨터의 주름을 잡아 펴면서
문을 향해 느긋하게 걸어갈 수도 있었으리라.

이 장면에서 아무도 말을 중단하지 않을 수도 있었으리라,
아무도 동작을 정지하지 않고, 아무도 숨을 멈추지 않을 수도
있었으리라.

○   크쉬슈토프 카밀 바친스키Krzysztof Kamil
Baczyński(1921~1944): 2차 대전 당시 레지스탕스
지하조직에 가담하여 독일에 대항하여 싸웠던
청년 시인이자 폴란드의 대표적인 저항 시인으로
1944년, 23세의 나이로 전쟁터에서 세상을 떠났다.

왜냐하면 이 흔한 사건이—정말 유감스러운 일이지만—
사람들에게 그저 흔한 사건으로 받아들여질 수도 있었을
테니.

끝과 시작

Koniec i początek

비운의 계산서

Rachunek elegijny

내가 알고 지낸 사람들은 얼마나 될까
(만약 내가 정말 그들을 알았다면)
남자는 몇 명이고, 여자는 몇 명일까
(만약 이러한 구별이 아직도 유효하다면)
몇 명이 이 문턱을 넘어갔을까
(만약 이것이 문턱이 맞다면)
몇 명이 이 다리를 건너갔을까
(만약 이것을 다리라 부를 수 있다면)—

오랜 생(生)을 산 자와 짧은 생을 산 자는 몇이나 될까
(만약 그들이 두 생의 차이점을 느낄 수 있다면)
이제 막 시작되었기에 좋은 생은 얼마나 되고,
이제 막 끝났기에 나쁜 생은 또 얼마나 될까
(만약 그들이 반대로 말하길 원치 않는다면)
그중에 저 멀리 바다 건너까지 도달한 생은 몇이나 될까
(만약 그들이 어딘가에 도달했다면,
그리고 바다 저편이 정말 있다면)—

그 후 그들의 운명이 어떻게 되었을지
나는 아무것도 확신할 수가 없다
(만약 그것이 하나의 공통된 운명이라면,
그리고 그 또한 여전히 운명이라면)—

모든 것은
(이 단어가 너무 제한적이 아니라면)
이미 자신의 뒤에 있다
(만약 자신의 앞에 있는 게 아니라면)—

그들 중에 쏜살같이 흐르는 시간에서 뛰어내려
저 멀리 점점 애처롭게 스러져간 생은 얼마나 될까
(만약 원근법을 신뢰할 수 있다면)—

몇 명이
(만약 이러한 질문이 의미가 있다면,
그리고 만약 자신을 합계에 포함하지 않고
총합을 산출할 수 있다면)—
가장 깊은 잠에 빠져들었을까
(만약 이보다 더 깊은 잠이 없다면)—

잘 가요.
내일 만나요.
다음에 봐요.

그들은 이미 원치 않는다,

(만일 정말로 그들이 원치 않는다면) 이런 말들을 반복하는 걸.

그들은 끝없는 침묵 속으로

(만약 다른 대안이 없다면) 스스로를 던져버린다.

그들이 관심을 쏟는 건 단 하나뿐,

(정말로 그것뿐이라면)

그들의 부재(不在)를 강요하는 바로 그것.

순간

Chwila

플라톤, 그러니까 왜

Platon, czyli dlaczego

석연치 않은 어떤 이유로
알려지지 않은 어떤 상황 속에서
이상적인 존재는 자신에게 만족하기를 그만두었다.

영원히 지속하고 또 지속할 수 있었음에도 불구하고,
어둠에서 파내고, 빛에서 다듬어진 상태로
세상 저편에 존재하는 꿈결 같은 자신의 정원에서.

그는 물질이라는 그릇된 조합에서
도대체 무슨 전율을 찾으려 했을까?°

모방하는 자들, 서투른 자들, 불운한 자들,
영원에 대한 전망을 상실한 자들에게
그게 무슨 소용 있다고.

°   플라톤은 눈에 보이거나 손에 만져지는 것만이
실재라는 선입견에 반대했다. 그는 구체적인 대상, 즉
물질은 참이 아니며 현상의 배후에 실재하는 불변의
이데아가 참된 것이라 하였다.

발꿈치에 가시가 박혀

절름발이가 된 지혜(智慧)?

소용돌이에 휩쓸려

깨져버린 조화(調和)?

비비 꼬인 흉측한 내장을

배 속에 품고 있는 미(美),

그리고 선(善)—

무엇 때문에 그림자를 드리웠을까?

예전에는 없었건만.

반드시 어떤 이유가 있으리라,

아무리 사소해 보일지라도.

하지만 지상의 옷장을 뒤지느라 분주한

'벌거벗은 진실'이

그 이유를 누설하진 않으리라.

게다가 플라톤이여, 저 끔찍한 시인들은 또 어떤가.

조각상들 발밑에서 바람에 흩날리는 부스러기들,

거대한 침묵의 고지에서 떨어져내리는 파편들⋯⋯

공원에서
W parku

한 소년이 궁금해한다.
—앗, 저 여자는 누구야?

엄마가 대답한다.
—자비의 동상인가,
암튼 그 비슷한 이름일 거야—

—근데 저 여자는
왜 저렇게 두…… 두…… 두들겨 맞았어?

—나도 몰라. 내가 기억하는 한
늘 저런 모습이었어.
시(市)에서 뭔가 조처를 해야 할 텐데.
내다 버리든지, 복원을 좀 하든지.
자, 그만. 어서 가자꾸나.

어떤 사람들

Jacyś ludzie

어떤 사람들로부터 도망치고 있는 어떤 사람들.
어떤 나라의 태양 아래서
혹은 어떤 구름 아래서.

그들은 자신의 어떤 전부를 남겨두고 떠난다,
씨를 뿌린 밭, 어떤 암탉이나 개들을,
이글대는 불꽃이 투영된 손거울 따위를.

등에는 항아리와 꾸러미를 짊어지고 있다,
비울수록 날마다 점점 더 무거워진다.

누군가가 정적 속에서 지쳐 나가떨어진다,
누군가가 소란 속에서 타인의 **빵**을 빼앗고,
죽어버린 누군가의 아이를 잡아 흔든다.

그들 앞에는 항상 잘못된 경로가 펼쳐지고,
기이한 분홍빛 강물 위엔
번지수가 맞지 않는 다리가 놓여 있다.

그들 주위에서 한 번은 가까이, 한 번은 멀리 총성이 울리고,
머리 위로 비행기 한 대가 원을 그리며 날고 있다.

차라리 눈에 뵈지 않는 투명체거나
암울한 회색빛 돌과 같은 속성이거나
아니면 잠시 혹은 오랫동안
어떤 부재(不在)의 상태라면 좋을 텐데.

무슨 일인가는 일어나리니, 문제는 과연 어디서, 어떤 일이.
누군가는 과감히 맞서리니, 문제는 과연 누가, 언제.
얼마나 다양한 모습으로, 그리고 어떤 의도로.
만일 그에게 선택의 여지가 있다면,
그들과 적이 되기보다는
그들을 어떤 삶에 안착시키려 할 것이다.

무도회
Bal

아직 뚜렷한 신호가 오지 않아
아무것도 확실치 않은 한,

가깝거나 혹은 먼 행성들과는
지구가 여전히 다르게 보이는 한,

다른 바람이 어루만진 다른 잔디들이
다른 왕관을 쓴 다른 우듬지들이,
우리의 가축들처럼 잘 훈련받은 다른 동물들이
아무런 흔적이나 발자국을 남기지 않는 한,

음절로 소통하는 원주민의 목소리 말고는
아무런 메아리도 들리지 않는 한,

모차르트나 플라톤, 혹은 에디슨,
그들보다 낫거나 못한 누군가가
나타났다는 소식이
우리 귀에 여전히 들려오지 않는 한,

우리의 비인간적인 범죄가
여전히 인간들 사이에서 행해지는 한,

우리의 친절함이
아직은 그 누구의 것과도 비슷하지 않고,
그 불완전함에 있어서도 비할 데가 없는 한,

환영으로 가득 찬 우리의 머리가
환영으로 가득 찬 유일한 머리로 통하는 한,

우리의 혀가 입천장에 닿아서 나는 소리가
지금까지 그랬듯 목청껏 터져 나오는 한,

우리, 시골 소방서°에 초대받은
특별히 귀한 손님이라도 된 듯
관악대의 고동(鼓動)에 맞춰 춤을 춥시다,
이것이 무도회 중의 무도회,
최고의 무도회인 척하면서.

다른 사람들은 어떨지 모르지만—
나는 이것만으로도
충분히 행복하고, 충분히 불행합니다.

　　　　　　　○　　　유럽의 시골에서는 중요한 파티나 행사를
　　　　소방서의 강당을 빌려서 치르곤 한다.

여기 나른한 외딴곳,
별들이 밤 인사를 건네며
우리를 향해 무심코
눈을 깜빡이는 이곳에서.

메모
Notatka

생(生)은 유일한 수단,
나뭇잎을 몸에 덮거나,
백사장에 누워 숨을 들이마시거나,
날개를 파닥거려 날아오를 수 있는;

개가 되든지 아니면
그 개의 따뜻한 털을 쓰다듬는 존재가 될 수 있는;

고통과 그게 아닌 다른 모든 것들을
구별할 수 있는;

사건 속으로 뛰어들거나,
경치를 보면서 감탄하거나,
가장 사소한 실수를 발견할지도 모르는.

생은 특별한 기회,
꺼져가는 등불 아래에서
나누었던 대화를

잠시 기억해낼 수 있는;

적어도 한 번쯤은
돌멩이에 걸려 넘어지거나,
폭우를 만나 흠뻑 젖어볼 수 있는;

풀밭에서 열쇠를 잃어버리거나,
바람에 이글대는 불꽃을 눈으로 쫓아갈 수 있는;

중요한 무언가를
끝내 알아채지 못할 수도 있는.

콜론

Dwukropek

교통사고
Wypadek drogowy

그들은 여전히 모른다,
반 시간 전에
거기, 도로에서 무슨 일이 있었는지.

그들의 시계에서
그것은 여전히 똑같은 시각,
오후의, 목요일의, 9월의 한때.

누군가는 국수를 체에 거르고 있다.
누군가는 나뭇잎을 쓸어 모으고 있다.
아이들이 고함을 지르며 테이블 주위를 뛰어다니고 있다.
고양이가 누군가에게 흔쾌히 목덜미를 내맡긴 채, 쓰다듬는
걸 허락하고 있다.
누군가는 울고 있다―
TV 드라마에서 나쁜 남자가
착한 여자를 배반하는 순간이면 어김없이 그렇듯.
노크 소리가 들려온다―
별일 아니다, 프라이팬을 빌리러 온 이웃집 아낙.

아파트 방 안 어딘가에서 전화벨이 울린다—
아직은 그저 광고 전화.

만약 누군가가 창가에 서서
하늘을 올려다봤다면,
사고 지점 위에서 떠돌아다니는
구름들을 볼 수 있었으리라.
틀림없이 해지고 찢긴 모습이겠지만
구름에겐 그저 대수롭지 않은 일상.

사건
Zdarzenie

하늘, 땅, 아침,
때는 8시 15분.
고요와 평안
사바나의 누런 잔디에서.
멀리 흑단(黑檀) 한 그루
상록수 잎사귀와
사방으로 뻗은 뿌리.

행복한 정적 속에 갑작스러운 소란.
살기 위한 두 피조물의 달음박질.
필사적으로 도망치는 영양(羚羊)과
미친 듯이 뒤쫓는 굶주린 암사자.
둘에게 주어진 기회는 한동안 공평했다.
땅위로 돌출된
이 뿌리만 없었더라면,
네 개의 발굽 중 하나가
걸려서 넘어지지만 않았더라면,
리듬이 어긋난

아주 찰나의 순간만 아니었더라면,

암사자가 한 번의 긴 도약으로

기회를 포착하지는 못했으리라—

누구의 잘못이냐는 질문에

묵묵부답, 침묵만이 흐른다.

circulus coelestis(천상의 원), 하늘은 결백하다.

terra nutrix(양육자 대지), 만물을 먹여 살리는 대지는 결백

하다.

tempus fugitivum(도망자 시간), 시간은 결백하다.

gazella dorcas(도르카스 가젤)°, 영양은 결백하다.

leo massaicus(레오 마싸이쿠스)◇, 사자는 결백하다.

diospyros mespiliformis(디오스피로스 메스필리포르미스)△,

흑단은 결백하다.

그리고 창가에서 망원경으로 살피는 관찰자 한 명,

영양과 비슷한 상황에 처한

homo sapiens innocens(호모사피엔스 이노첸스)□.

○   소목 소과에 속하는 포유류로 영양의 일종.
가장 작은 종에 속하며, 몸통은 연한 모랫빛이며 배
부분은 희다.
◇   우리가 아는 전형적인 사자로 '마사이
사자'라고도 불리며 케냐의 세렝게티와 마사이마라,
에티오피아, 짐바브웨 등에 서식한다.
△   감나뭇과에 속하는 흑단나무류의 상록수로
남아프리카의 대초원에서 자생한다.
□   결백한 호모사피엔스.

위안
Pociecha

다윈.
그는 휴식을 취하기 위해 소설을 읽곤 했으리라.
하지만 조건이 있었다:
절대 슬픈 결말은 안 된다는 것.
어쩌다 그런 책을 읽게 되면,
분노에 휩싸여 불 속에 던져버리곤 했다.

사실이건, 아니건—
나는 기꺼이 이 이야기를 믿는다.

머릿속으로 그 넓은 영역과 그 오랜 시간을 계산하면서
그는 죽어가는 종(種)들을 원 없이 관찰했다,
약자를 짓밟는 강자의 승리를,
살아남기 위해 발버둥 치는 수많은 시도를,
빠르든, 늦든 결국 최후를 맞는 건 마찬가지인데.
어쨌든 그는 아주 미세한 규모의 허구로
행복한 결말을 요구할 수 있는 권한을 획득했다.

그러므로 필수적이다: 구름 뒤편의 밝은 빛,

재결합한 연인들, 화해한 가족들,

해소된 의문들, 보상받은 충절,

되찾은 재산, 발굴된 보물들,

거만했던 태도를 후회하는 이웃들,

복구된 명성, 사그러든 욕심,

덕망 있는 교구 목사들에게 시집간 노처녀들,

지구 반대편으로 추방당한 모략꾼들,

계단 아래로 굴러떨어지는 문서위조범들,

교회의 재단으로 달려가는 난봉꾼들,

보호를 받는 고아들, 치유를 얻은 과부들,

겸손해진 우월감, 아물어가는 상처들,

식탁에 초대받은 탕자들,

바닷속으로 쏟아버린 회한의 쓴잔(盞),

화해의 눈물로 흠뻑 젖은 손수건,

일반적인 노래와 연주,

그리고 제1장에서 길을 잃은

강아지 피도Fido°가

유쾌하게 짖어대며

집을 향해 뛰어가고 있다.

○　이탈리아의 작은 도시 보르고 산 로렌조에서
충견으로 명성을 떨친 반려견 피도의 에피소드에서
가져온 이름으로 '충성스럽다'는 의미의 라틴어
'fidus'에서 비롯되었다. 피도는 2차 대전이 한창인
1943년 폭격으로 사망한 주인 카를로 소리아니를
그리워하며 1958년 사망할 때까지 무려 14년 동안
버스 정류장에 나가 주인을 기다렸다. 이후 보르고 산
로렌조에는 피도의 동상이 세워졌다.

아트로포스°와의 인터뷰
Wywiad z Atropos

마담 아트로포스?

네, 제가 맞는데요.

필연의 세 따님 중에서
당신의 평판이 제일 나쁩니다.

친애하는 시인이여, 그건 심한 과장이에요.
클로토는 생명의 실을 뽑아내지만,
실이 워낙 가늘어서
끊어지기 일쑤죠.
라케시스는 긴 막대기를 휘두르며 실의 길이를 결정합니다.
그러니 그도 무고한 건 아닙니다.

하지만 당신은 가위를 들고 있잖아요.

> ○ 클로토, 라케시스와 함께 운명의 세
> 여신Fates 중의 하나. 클로토는 운명의 실을
> 뽑아내고, 라케시스는 운명의 실을 감거나 배당하고,
> 아트로포스는 운명의 실을 가위로 잘라 삶을 거두는
> 역할을 담당한다.

그야 내 손에 가위가 쥐어졌으니 사용할 수밖에요.

우리가 대화를 나누는 지금도 가위질을 하고 있네요⋯⋯

저는 일 중독자예요, 그렇게 타고났답니다.

이 일에 지치거나 싫증을 느끼진 않으세요?
밤에 졸리진 않나요? 아니라고요? 정말 아닌가요?
휴가나 주말, 명절도 없잖아요,
하다못해 담배 한 대 피울 틈도 없으니.

그러면 일이 밀릴 텐데, 그런 상황은 원치 않거든요.

정말 놀라운 열의(熱意)군요.
하지만 아무런 찬사도 받지 못하고,
포상도, 트로피도, 훈장도 못 받잖아요?
혹시 액자에 든 상장이라도 받나요?

미용실에 걸려 있는 그런 것들이요? 정중히 사양합니다.

누군가 당신을 도와주고 있나요? 혹시 그렇다면, 누구인가요?

놀라운 역설이지만, 바로 당신들, 필멸의 존재들이 도와주고 있어요.

다양한 독재자들, 수많은 광신도들.
내가 그들을 끌어들인 게 아닙니다.
자신들이 원해서 일을 벌인 거죠.

전쟁이 일어나면 기쁘시겠어요,
수많은 인원이 당신을 도울 수 있으니까요.

기쁘다고요? 난 그런 유의 감정은 알지 못합니다.
전쟁을 일으키는 건 내가 아닙니다,
그 향방을 좌우하는 것도 내가 아니고요.
하지만 고맙게는 생각합니다, 덕분에
내가 이 일을 지속할 수 있으니까요.

너무 짧게 자른 실이 아까운 적은 없었나요?

더 짧고, 덜 짧고의 차이는
당신들이나 느낄 뿐입니다.

만약 당신보다 강한 누군가가 당신을 쫓아내며
그만 퇴직하라고 하면 어떨 것 같나요?

무슨 말인지 모르겠어요. 명확히 이야기해주세요.

다시 묻죠: 당신에게 상사(上司)가 있습니까?

······ 다음 질문으로 넘어가죠.

더 이상 질문이 없는데요.

그럼 이만 가볼게요.
아님 좀더 분명하게 질문해주시든지······

네, 네, 알겠습니다. 안녕히 가세요.

미로

Labirynt

—자, 이제 몇 발자국만 더
벽에서 벽으로,
이 계단을 올라 위로,
저 계단을 내려가 아래로,
살짝 왼쪽으로,
만약 오른쪽이 아니라면,
벽에서 그 안쪽의 깊숙한 곳으로
일곱번째 문지방으로,
어디서부터든, 어디로 향하든
교차로에 다다를 때까지,
당신의 희망과 잘못, 실패,
시도와 계획, 그리고 새로운 희망이
사방으로 흩어지기 위해
교차하는 그곳에 이를 때까지.

길 너머 또 다른 길,
퇴로가 없는 길.
당신 앞에 놓인 것들에만

접근 가능하다,
그리고 거기, 마치 위로처럼
커브길 너머 또 다른 커브길,
경탄(敬歎) 너머 또 다른 경탄,
전망(展望) 너머 또 다른 전망.
당신이 선택할 수 있다,
어딘가에 머물지, 말지를,
지나칠지, 관찰할지를,
대충 보고 넘길지, 말지를.

그러므로 이쪽으로, 혹은 저쪽으로,
아니면 다른 쪽으로,
직감적으로, 예감을 좇아,
상식에 따라, 어쩌다가,
마구잡이로,
뒤얽힌 지름길로.
어떤 열에서 다른 열로
복도를 지나, 정문을 통과하여,
서둘러서, 뒤처지지 않기 위해,
시간이 촉박하므로,
이곳에서 저곳으로
아직까진 열려 있는 여러 통로로,
어둠과 당혹감이 도사리고 있지만,
틈새와 빛, 황홀경이 있는 곳으로

기쁨이 있는 곳으로, 한 발자국 뒤에
슬픔도 있지만,
어딘가 다른 곳으로, 여기저기로,
어디든 아무 데로,
불운 속의 행운,
괄호 속의 괄호처럼,
그리고 이 모든 것에 대한 수긍,
그리고 갑작스러운 심연,
심연, 하지만 작은 다리,
작은 다리, 하지만 흔들다리,
흔들다리, 하지만 오직 하나뿐,
다른 다리는 없으니.

여기 어딘가에 출구가 있으리라,
그것은 확신, 그 이상이다.
하지만 당신이 그것을 찾는 게 아니다,
출구가 당신을 찾는다,
출구가 처음부터
당신을 뒤쫓고 있다,
이 미로는
다른 무엇도 아닌,
지금껏 당신이 멈추지 못하고 있는
탈주(脫走)다, 바로 당신의 탈주,
그것이 온전히 당신의 것인 동안엔—

부주의
Nieuwaga

어제 나는 우주에서 행실이 좋지 못했다.
아무런 질문도 하지 않고,
그 무엇에도 감탄하지 않은 채
꼬박 24시간을 살았다.

일상의 업무를 기계적으로 수행했다,
마치 그게 내가 할 일의 전부인 양.

들숨과 날숨, 왼발과 오른발, 이런저런 업무들,
외출했다 귀가하는 것 말고는
아무 생각도 하지 않았다.

이 세상을 아수라장으로 볼 수도 있었지만,
그저 일용할 도구로만 여겼다.

어째서? 무엇 때문에?라는 의문은 조금도 품지 않고
대체 세상이 왜 이렇게 돌아가는지
움직이는 항목들은 왜 그렇게 많은지 궁금해하지도 않았다.

나는 마치 벽에 헐겁게 박힌 못과 같았다,
혹은……
(적절한 비유를 찾을 수가 없다).

변화가 꼬리를 물고 일어났다,
눈 깜빡할 사이, 그 비좁은 구역에서조차.

어제의 빵이 다른 방식으로 썰어졌다,
딱 하루만큼 어린 손으로, 좀더 젊은 식탁에서.

구름도 결코 전과 같지 않고, 비도 마찬가지다,
다른 빗방울로 떨어진 걸 보면.

지구는 자신의 축을 중심으로 회전했지만,
영원히 버려진 공간에서였다.

이렇게 하는 데 24시간은 족히 걸렸다.
1440분의 기회.
검사하는 데만 8만 6400초.

우주의 사부아 비브르 Savoir Vivre°
비록 우리에 관해서는 침묵할지언정
여전히 우리에게 뭔가를 요구한다:

         ○   세련된 태도, 처세술, 예의 바름.

약간의 주의력, 파스칼Pascal°의 사상에서 한두 문장,
그리고 알 수 없는 규칙이 지배하는 게임에
망연자실 참여하기

○   17세기에 활약한 프랑스의 수학자, 물리학자,
발명가, 철학자, 신학자.

어느 위대한 시인의
수줍은 첫걸음

최성은

세상 만물에 대해 끝없는 애정과 호기심을 보여준 시인, 가치의 절대성을 부정하고 상식과 고정관념에 반기를 들면서 대상의 참모습을 바라보기 위해 노력한 시인.

우리가 기억하는, 그리고 우리가 사랑하는 시인 쉼보르스카의 모습이다. 하지만 이 위대한 시인이 타고난 재능에 의존하기보다는 부단한 노력과 끊임없는 성찰로 거장의 반열에 올랐다는 사실은 널리 알려져 있지 않다.

일찍이 쉼보르스카는 모교인 야기엘론스키 대학교에서 개최된 후배들과의 만남(1996)에서 "시인에게 있어 가장 중요한 행위는 '지우는 것'이고, 가장 필요한 도구는 '쓰레기통'이다"라며 노력하는 글쓰기를 강조했다. 봄에 쓰기 시작한 시를 가을에 끝마칠 정도로 한 편의 시를 완성하기까지 오랜 수정 작업을 거쳤고, 시어의 선택에 있어서도 결벽에 가까울 만큼 완벽을 추구했다.

1996년 노벨문학상을 수상한 직후에는 노벨상 메달을 곧장 찬장 서랍 속에 넣어버렸다고 한다. '노벨문학상 수상자'라는 칭호는 작가에게 분명 크나큰 영예이지만, 그에 못지않게 어마어마한 기대와 책무가 따르는 굴레이기도 하다. 이러한 굴레에 갇혀 자신의 작품 활동이 위축되거나 변질되는 것을 원치 않았던 시인은 메달을 눈에 띄지 않는 곳에 보관했다. 그리고 여태껏 그래왔던 것처럼 외부 강연이나 언론 노출을 자제한 채 묵묵히 글쓰기에 전념했고, 생을 마감하는 순간까지도 펜을 놓지 않았다. 노벨상 수상 이후에도 『콜론*Dwukropek*』(2005), 『여기*Tutaj*』(2009), 그리고 유고 시집 『충분하다*Wystarczy*』(2012)에 이르기까지 주옥같은 시집을 꾸준히 출간할 수 있었던 비결이 바로 여기에 있다.

등단 시집부터 유고 시집에 이르기까지 시인이 발표한 시들을 찬찬히 살펴보면, 쉼보르스카는 젊은 날의 총기와 반짝이는 영감, 눈부신 재능으로 주목받은 시인은 결코 아님을 알 수 있다. 쉼보르스카의 재능은 서서히 만개했고, 자신만의 고유한 색깔과 스타일을 갖추는 데도 꽤 오랜 시간이 걸렸다. 대신 특유의 철학적 사유와 자유분방한 상상력이 세월의 흐름과 더불어 무르익으면서, 그녀가 구축한 독특한 시학은 더욱 견고해지고 깊어졌다.

겸허한 시작, 소박한 출발

쉼보르스카는 1945년 3월 14일, 『폴란드 데일리Dziennik Polski』에 「단어를 찾아서Szukam słowa」를 발표하며 시인으로 등단했다. 당시 스물두 살의 시인 지망생이었던 쉼보르스카는 자신이 쓴 몇 편의 시를 들고, 창간된 지 얼마 안 된 『폴란드 데일리』의 편집국을 찾아갔다(지인이 일하는 신문사였기에 용기를 냈다고 전해진다). 그리고 거기서 미래의 배우자인 아담 브워데크Adam Włodek(1922~1986)를 편집자로 만났다. 쉼보르스카가 준비한 몇 편의 시 중에서 브워데크가 선택한 건 「어떤 jacy」이라는 시였다. 「단어를 찾아서」로 제목을 바꾸고, 분량의 절반가량을 삭제한 뒤, 몇 번의 수정 작업을 거쳐 신문에 시가 게재되었다.

당시의 심경에 대해 쉼보르스카는 한 인터뷰에서 다음과 같이 술회하고 있다.

> 만약 『폴란드 데일리』에서 제가 쓴 시들을 받아주지 않았다면, 저는 아마도 산문 쪽으로 전향했을지도 모릅니다. 그 서투른 습작들이 모조리 외면당했다면, 저는 아마 영영 시를 쓰지 못했을 거예요. 그때 제 심정은, 처음이자 마지막으로 딱 한 번만 시도해보자, 그런 마음이었습니다.[1]

내성적이고 수줍음이 많았던 쉼보르스카는 『폴란드 데일리』 편집국을 찾아가서 자신의 원고를 전달하고는 연락처도 남기

---

1   Joanna Szczęsna, "Pisałam wiersze, piszę wiersze...", Czarna piosenka, Kraków, 2014, p. 6.

지 않고 황급히 사라졌다고 한다. 위대한 시인의 시작은 이렇게 소박하고 겸허하고 인간적이었다.

이후 쉼보르스카는 『크라쿠프 공회당Świetlica Krakowska』 『문학 생활Życie literackie』과 같은 문예지의 편집자로 일하며, 본격적으로 글을 쓰기 시작했다.[2] 그중에는 2차 대전의 체험을 담아낸 시들도 있었다. 문청(文靑) 쉼보르스카는 이 시들을 모아 1949년경, 등단 시집을 선보일 계획을 세웠다. 하지만 결국 출간으로 이어지지는 못했고, 몇 편만이 문예지를 통해 공개되었다. 당시 이 시집의 편집은 쉼보르스카의 남편 아담 브워데크[3]가 맡기로 되어 있었다.

쉼보르스카의 초기작들이 책으로 발간되지 못한 이유에 대해서는 추측만 난무하다. 자신의 재능과 가능성에 대한 확신이 부족했던 시인이 출판을 철회했다는 설도 있고, 사회주의 정권의 검열 때문이라는 설도 있다. 사회주의리얼리즘이 요구하는 기준에 비추어볼 때, 어차피 출판의 기회를 얻지 못할 거라고 판단해서 시인 스스로 포기했다는 이야기도 떠돈다. 게다가 "아우슈비츠 이후 시는 죽었다"라는 아도르노T. Adorno(1903~1969)의 선언이 기정사실로 여겨지던 1949년, 아우슈비츠의 본고장인 폴란드에서 신인, 그것도 여성 작가가 등단 시집을 출간한다는 것은 녹록지 않은 일이었다.[4] 명확한

2   데뷔 초기, 자신에게 맞는 장르가 무엇인지 확신하지 못했던 문청 쉼보르스카는 시뿐 아니라 단편소설이나 에세이 같은 산문도 썼다고 한다.
3   쉼보르스카와 아담 브워데크는 1948년에 결혼했고, 1954년에 이혼했다.
4   제2차 세계대전 당시 폴란드를 점령했던 나치 독일은 폴란드 전역에 게토Getto를 만들어 유대인들을 격리시키고, 아우슈비츠(폴란드어로는

이유는 밝혀지지 않았으나 쉼보르스카가 준비했던 등단 시집의 출간은 그렇게 불발로 끝났다.

시와 산문을 놓고 고민하던 쉼보르스카가 시인의 길을 걷기로 결심한 것은 1951년이다. 문예지 『크라쿠프 메아리*Echa Krakowa*』와의 인터뷰에서 쉼보르스카는 다음과 같이 선언한다: "시를 썼고, 시를 쓰고 있다. 나는 시를 쓸 것이다."[5]

그 이듬해인 1952년, 쉼보르스카의 첫 시집 『우리가 살아가는 이유*Dlatego żyjemy*』가 출간되었다. 사회주의리얼리즘이 예술 창작의 유일한 방법론으로 강요되던 시기였다. 쉼보르스카 또한 당시 폴란드에서 활동하던 다수의 문인과 마찬가지로 당에서 요구하는 정치 선동적인 내용의 시를 썼다. 1954년에 출판된 두번째 시집 『나에게 던지는 질문*Pytanie zadawane sobie*』 역시 유사한 경향을 보여준다. 하지만 사회주의 정부의 독재와 무력 탄압이 지속되자 쉼보르스카는 예술가로서 점차 회의를 느끼게 된다. 이데올로기를 과도하게 강조한 사회주의리얼리즘이 목적의식에 사로잡혀 예술 본연의 가치를 저버리고, 작가의 자유로운 창작을 억압하는 과도한 검열을 난무케 한 것도 시인의 실망을 배가시키는 원인이 되었다. 폴란드가 정치적 해빙기를 맞은 1956년, 쉼보르스카는 사회주의정당과의 결별을 선언하고, '탈정치적인' 문학으로 돌아서게 된다. "정치적인 시

오시비엥침Oświęcim) 수용소를 비롯하여, 트레블링카Treblinka, 베우제츠Bełżec 등에 대규모 집단 수용소를 세우고 인류 역사상 유례없는 유대인 대학살을 자행했다. 이로 인해 2차 대전 이전 폴란드에 거주하고 있던 335만여 명의 유대인 가운데 약 300만 명이 학살당했다.

5   Joanna Szczęsna, "Pisłam wiersze, piszę wiersze...", Czarna piosenka, Kraków, 2014, p. 11.

는 신문 기사 정도의 수명밖에 가지지 못한다"는 고백과 함께 문학의 정치화에 반대하는 입장을 표명한 것이다.[6]

그런 의미에서 볼 때, 쉼보르스카 문학의 진정한 출발점은 세번째 시집 『예티를 향한 부름Wołanie do Yeti』(1957)이라고 할 수 있다. 이 시집을 기점으로 쉼보르스카는 정제된 시어 속에 관조와 성찰을 담아내는 자신만의 독자적인 경지를 구축해나 가기 시작한다.

그렇게 중견 시인으로 문단에서 입지를 공고히 다져나가던 1970년 7월 2일, 쉼보르스카는 자신의 전 남편인 아담 브워 데크로부터 특별한 생일 선물을 받게 된다. 브워데크는 어쩌면 자신의 편집으로 한 권의 시집으로 탄생되었을지도 모를 쉼보 르스카의 초기작들을 한데 모아 타이프라이터로 옮긴 뒤, 집필 연도까지 기재하여 두 벌의 가편집본을 만들었다. 그중 하나는 자신이 보관하고, 나머지 하나는 리본으로 묶어 쉼보르스카에 게 보냈다. 첫 페이지에는 다음과 같이 적혀 있었다.

사랑하는 비세우카(Wiselka)[7]!
당신의 등단 25주년과 우리의 첫 만남(1945. 3. 14)을 축하 하고 기념하기 위해 작은 이벤트를 준비했소. 당신은 분명 복잡

---

6   1996년 노벨문학상 수상 이후, 세계 각국의 출판사들이 쉼보르스카의 시를 자국어로 번역·출판하기 위하여 저작권을 요청했을 때, 시인은 한 가지 전제 조건을 내세웠다. 1950년대 전반기에 출간된 두 권의 시집에 수록된 작품들은 번역하지 말라는 조건이었다. 젊은 시절, 정치 이데올로기에 사로잡혔던 시인의 뼈아픈 회환을 느낄 수 있는 일화이다.
7   브워데크가 부르던 쉼보르스카의 애칭.

한 심경으로 반응할 테지만, 나는 기대 반, 긴장 반으로 다음 행보를 준비하며 당신의 응답을 기다리고 있겠소.[8]

하지만 브워데크의 바람과 달리 그가 편집한 이 특별한 원고는 오랫동안 빛을 보지 못한 채, 시인의 책상 서랍 속에 보관되어 있었다. 그중에서 세 편(「*** 한때 우리는 닥치는 대로 세상을 살아갈 수 있었다」「극장 문을 나서며」「검은 노래」)만이 2001년에 출간된 『쉼보르스카 자선 시집 Wiersze wybrane』에 수록되었을 따름이다.

위대한 시인의 등단 시집이 될 뻔한 이 전설적인 원고 뭉치가 발견된 건, 2012년 쉼보르스카가 타계하고 난 뒤였다. 쉼보르스카의 대리인으로 오랫동안 활동했고, 현재 '비스와바 쉼보르스카 재단'의 이사장을 맡고 있는 미하우 루시네크 Michał Rusinek 교수는 쉼보르스카를 사랑하고 그리워하는 독자들을 위해 이 원고를 출판하기로 결심했다. 등단 시집을 내기까지 신진 시절의 쉼보르스카가 어떤 생각과 고민을 하고 있었고, 미래의 노벨문학상 수상자가 젊은 날에 관심을 보인 시적 모티브는 무엇이었는지, 그리고 2차 대전의 상흔이 시인의 작품 세계에 어떤 영향을 미쳤는지를 살펴볼 수 있는 귀중한 자료라고 판단했기 때문이다. 한때 쉼보르스카가 등단 시집으로 준비했던 『검은 노래 Czarna piosenka』는 그렇게 시인의 사후(死後)에 독자들과 만났다.

8   Joanna Szczęsna, "Pisłam wiersze, piszę wiersze...", Czarna piosenka, Kraków, 2014, p. 12.

낯설지만 익숙한 쉼보르스카의 목소리 ─『검은 노래』

『검은 노래』는 이제 막 시의 세계로 들어서려는 한 젊은 시인이 조심스럽게 내딛는 걸음마 같은 시집이다. 이 시집을 통해 우리는 노벨문학상 수상에 빛나는 세계적인 시인 쉼보르스카가 단숨에 빛나는 재능을 인정받은 천재 작가도, 눈부시게 등장한 문단의 신성도 아닌, 그저 시와 문학을 뜨겁게 사랑하는 한 인간이었음을 확인할 수 있다.

수록 시들은 익히 알려진 시인의 대표작들과는 사뭇 다르게 읽히고, 낯설게 다가오기도 한다. 한 걸음 떨어져 대상을 바라보는 쉼보르스카 특유의 '거리 두기'라든지, 언뜻 냉소적으로 들리기도 하는 특유의 풍자와 아이러니는 아직 채 무르익지 않은 초기작에서는 찾아보기 힘들다. 전쟁을 겪지 않은 세대나 21세기를 살아가는 독자들로서는 공감하기 힘든 대목들도 있다. 대신 아직 숙성의 단계에 이르지는 못했으나 날것 그대로의 풋풋함과 미완의 순수함이 고스란히 느껴진다. 그러면서도 쉼보르스카의 상징이라고 할 수 있는, 대상을 바라보는 특유의 치밀한 관찰력이나 고정관념을 거부하는 자유분방한 상상력, 어린아이의 천진난만한 시선과 현자의 철학적 사유가 공존하는 고유한 개성이 언뜻언뜻 발견된다. 모티브나 플롯, 소재, 이미지 등에서 후기작들과의 유사성을 드러내는 사례도 있다.

『검은 노래』에서 가장 빈번하게 등장하는 소재는 제2차 세계대전과 대학살, 그리고 전쟁으로 인해 평범한 개인이 겪어야만 했던 상처와 아픔이다.

1939년 9월[9], 당시 열여섯 살이었던 쉼보르스카는 크라쿠프의 자택에서 창밖을 내다보았다. 붕대를 감은 채 피를 흘리는 부상병들을 태운 짐수레를 보면서 그녀는 그날의 일기장에 이렇게 적었다.

    뭔가 이상한 느낌이다. 내 안의 낯선 누군가가 벌써 여러 차례 같은 장면을 바라보고 있는 듯한 느낌이 든다. 이러한 감정은 도저히 이성적으로는 설명할 길이 없다. 아마도 이 느낌을 제대로 전달하려면, 지금껏 익숙했던 방식과는 다른, 어떤 새로운 형식을 빌려와야 할 것 같다.[10]

어쩌면 그 순간 십대의 쉼보르스카는 자신의 기묘한 느낌을 전달할 수 있는 새로운 형식이 바로 '시(詩)'라는 걸 감지했는지도 모른다. 훗날 시인은 한 인터뷰에서 그날 자신이 본 장면은 일종의 데자뷔였으며, 외세 침략에 저항하기 위해 폴란드인들이 일으킨 수많은 봉기와 독립운동의 장면들이 창밖에 펼쳐진 광경에 오버랩되었노라고 설명했다.
1946년에 쉼보르스카가 쓴 「9월에 관한 기억Pamięć o wrześniu」은 그렇게 탄생된 작품이다.

    가을 녘 폴란드의 평야
    가을 녘 폴란드의 언덕—
    도로를 가득 메운 자들은 누구이며,

9   1939년 9월 1일 나치 독일의 폴란드 침공으로 제2차 세계대전이 시작되었다.
10   Joanna Szczęsna, "Pisłam wiersze, piszę wiersze...", Czarna piosenka, Kraków, 2014, p. 5.

과연 어떻게 상처에 붕대를 감았을까?
국경들이여—주먹을 힘껏 움켜쥘 수 있는
기운이 너희에겐 남아 있다.

　　　　　　　　　　　—「9월에 관한 기억」부분 (28쪽)

「시에게 보내는 헌사Dedykowanie Poezji」(1946)에서 쉼보르스
카는 매일같이 누군가의 전사(戰死) 소식과 사망 통보가 전해
지는 전쟁 직후의 폴란드, "일말의 서정성도 없"고, "비누 거품
같은 말"조차 내뱉을 수 없는 참혹한 현실 속에서 시를 쓴다는
것의 의미와 가치를 나직하게 읊조린다.

　　누군가에게 전달된 사망 통보.
　　그로 인해 탁자 위에 놓인 차가 식는다.
　　안락함이라고는 찾아볼 수 없다. 비누 거품 같은 말들도.

　　세상의 한순간: 적막은 기다려주지 않는다.
　　모래 알갱이 같은 윙윙거림이 창문을 두드린다.
　　일말의 서정성도 없다. 돌에게도 꿈에게도.

　　[······]

　　지금은 각자의 염원을 토로할 시간:

　　더 나은 내일을 보고 싶다,
　　드넓게 열린 내일이, 네 눈앞에 펼쳐지기를
　　그리고 화염 속에서 움켜쥔 손을 볼 수 있기를,
　　언젠가의 네 손처럼.

192

—「시에게 보내는 헌사」부분 (37~38쪽)

인류 역사상 유례없는 대학살의 현장에서 철학자 아도르노는 "아우슈비츠 이후 아무도 시를 쓸 수 없다"고 단언했다. 하지만 쉼보르스카는 위령의 날에 망자의 무덤 앞에서 죽음을 확인하면서 역설적으로 "살기 위해서" 시를 쓴다고 고백한다. 2차 대전 직후 시인에게 시란 살아남기 위한 구조 요청이고, 망각을 경계하기 위한 몸부림이었던 것이다.

> 여기서 시(詩)를 기다린 건 아니다;
> 내가 온 건
> 찾아내고, 낚아채고, 움켜쥐기 위해서다.
> 살기 위해서다.

—「위령의 날」부분 (41쪽)

시인 쉼보르스카는 전쟁으로 불타버린 황량한 폐허 속에서[11] 차곡차곡 돌을 쌓아 올리며 실낱같은 희망을 일깨운다. 이방인의 단어로 땅을 부르고, 타인의 숨결로 하늘을 지탱해야만 했던 비극의 현장, 비록 처참하게 파괴되었지만, 그래도 삶은 지

---

11   제2차 세계대전으로 인해 폴란드는 극심한 손실을 입었다. 전 국민의 1/5에 해당하는 600만 명(이 중 약 300만 명은 유대인으로 추정)가량이 사망했는데, 이는 가구당 평균 한 명씩 희생된 셈이다. 또한 수도인 바르샤바는 제2차 세계대전의 가장 격렬한 격전지가 되어 도시의 약 85퍼센트가 파괴되었다. 그 밖에도 국토의 황폐화, 문화재 손실, 국경의 변동 및 이에 연루된 수백만 국민의 강제 이주 등 혹독한 수난을 겪어야만 했다.

속되어야 하고, 도시는 다시 지어져야 하기에 "삶을 살아낸다는 건, 돌 던지기와 같은 것"이라고 시인은 되뇌인다.

시간은 돌이 쌓이는 것이니
삶을 살아낸다는 건, 돌 던지기와 같은 것.
이방인의 단어로 땅을 부른다.
타인의 숨결로 하늘을 지탱한다.
[······]

시간은 돌이 쌓이는 것,
하지만 불길 속에서 도시가 세워졌다.
　　　　　　　─「쫓는 자와 쫓기는 자들에 관하여」 부분 (50~51쪽)

「이름 없는 병사의 키스Pocałnek nieznanego żołnierza」(1946)는 2차 대전을 소재로 한 초기작 중에서 쉼보르스카가 유일하게 첫번째 시집 『우리가 살아가는 이유』에 수록한 작품이다. 이 시에서 쉼보르스카는 전쟁의 소용돌이 속에서 희생을 강요당한 이름 없는 어느 병사의 죽음에 주목한다.

그렇게 총알이 몸을 관통하고 나니,
인간의 모든 것이 내게는 낯설기만 하다,
[······]

어머니는 편지 두 통을 연거푸 부치고,
세 통, 그리고 또 네 통째 편지를 보내리라.
[······]
나는 작은 상처 안에 내 몸을 누일 것이다

세상은 크니까, 너무도 거대하니까.

시인들이여, 주인공의 죽음에 통곡하는
이 묘비명은 잘못되었다.
그 병사는 당신들의 시가 될 수 있었다,
낯선 이의 죽음에 우울해하는 모습으로.

하지만 그는 주인공이 되고 싶지 않았다,
아가씨들은 화석처럼 굳어버렸다,
어제의 손길이 여인들에게
믿음직한 농담, 즉 키스를 보낸 그 순간에.

—「이름 없는 병사의 키스」부분 (32~33쪽)

역사의 수레바퀴 속에서 익명으로 스러져간 개인의 실존 문제는 쉼보르스카의 시에서 꾸준히 발견되는 테마이다. 쉼보르스카는 거대 서사 속에서 무참하게 축소되거나 삭제되곤 하는 개인의 미시 서사에 관심을 갖고, 자신의 시에서 그들의 희생과 죽음을 환기시키곤 했다. 「야스오의 강제 기아 수용소Obóz głodowy pod jasłem」(1962), 「9월 11일 자 사진」(2002), 「사건에 휘말린 어느 개의 독백」(2005) 등이 그 대표적인 예다.

역사는 유골들을 어떻게든 제로(0)의 상태로 결산하려 애쓰고 있다.
천 명에다 한 명이 더 죽어도, 여전히 천 명이라고 말한다.
그 한 명은 마치 이 세상에 존재하지도 않았다는 듯:

—「야스오의 강제 기아 수용소」부분 (『끝과 시작』, 문학과지성사, 개정판 2016, 87쪽. 이후 인용은 책 이름과 쪽수만 밝힘.)

195

1948년에 집필한 「방랑」의 '3. 깃발 만들기Szycie sztandaru'는 사회주의리얼리즘의 잣대로 보면 검열을 절대 통과하지 못했을 것으로 추정되는 대표적인 작품이다. 폴란드의 국기를 만드는 신성한 노동 현장에서 쉼보르스카가 발견한 건, 사회주의 건설에 이바지하는 생산적이고 건설적인 노동자의 모습이 아니라 비애와 무기력함으로 가득한 시어(詩語)를 떠올리는 한 연약한 소년이다.

> 견디기 힘든 휴일을 싼값에 팔아치운다.
> 문간에 서 있는 하찮은 소년의 눈에는
> 마치 꿈을 꾸듯 모든 것이 이상스럽다,
> 오늘, 이 순간, 가위의 쩔렁거림과
> 옆으로 기울어진 바늘땀의 리듬이
> 내일이면 바람결에 펄럭이게 될 것이다.
>
> [……]
> 흰색과 붉은색이 서로 만나는 순간
> 소년은 생각한다,
> '어휘가 필요한 건
> 경이로움 때문이니
> 모든 시에는 '경이로움'이라는 이름이
> 붙어 있다'고.
>
> 소년의 낯빛이 흐려진다:
> "나의 말은
> 늘 비애로 가득하겠지.

너무도 무력하겠지."

—「방랑」 부분 (46~47쪽)

평소 쉼보르스카의 시를 즐겨 읽는 독자라면, 『검은 노래』의 수록작을 읽으며 후기작과 연결되는 지점을 발견하는 기쁨을 누릴 수 있을 것이다. 특정한 모티브나 소재를 확장 또는 발전시킨 사례는 물론이고, 유사한 시구가 한결 완성도 높은 형태로 후기 시에서 발견되는 경우도 찾아볼 수 있다.

예를 들어보자. 「정상(頂上)Szczyt」(1946)은 쉼보르스카 시인의 세번째 시집인 『예티를 향한 부름』(1957)에 수록된 「성공하지 못한 히말라야 원정에 대한 기록Z nie odbytej wyprawy w Himalaje」을 떠올리게 한다. 두 시를 나란히 읽으면, 「정상」이 마치 「성공하지 못한 히말라야 원정에 대한 기록」의 프리퀄 prequel처럼 느껴진다.

돌멩이는 심연(深淵)에 굴복하고 만다.
부주의한 모든 외로움이 그러하듯이.

시냇물은 돌처럼 천천히 흐르고
하늘이 수풀 사이에서 바스락거린다.

저 멀리 아래쪽에서는 오늘이 수요일,
ABCD, 그리고 끼니를 때울 빵 한 조각.

—「정상(頂上)」 부분 (42쪽)

까마득히 높은 공간에서 지상을 내려다보며 느끼는 아득한 초월감을 표현한 이 시구는 10여 년의 세월이 흐른 뒤, 더욱 아름답고 독창적인 구절로 탈바꿈하게 된다.

> 메아리―순백의 소리 없는 몸짓.
> 적막.
>
> 예티, 까마득한 아래, 저곳에선 오늘이 수요일이다.
> 거기에는 문자도 있고, 빵도 있다.
> 2 곱하기 2는 4다.
> 서서히 눈이 녹는 중이다.
>
> ―「성공하지 못한 히말라야 원정에 대한 기록」 부분
(『끝과 시작』, 57쪽)

아우슈비츠 수용소로 끌려가는 유대인들을 태운 열차를 소재로 한 「유대인 수송Transport żydów」(1947)은 1957년작 「아직은Jeszcze」과 긴밀하게 이어진다.

> 바깥세상은 온전하다:
> 원경(遠景)은 온통 숲으로 채워져 있고
> 언덕은 시냇물로 목을 축인다,
> 팽팽한 공기 아래 도사린 죽음.
> 철로의 동력에 갇힌 그들의 얼굴이
> 밀폐된 어둠으로 바뀐다.
> 비명은 소리 없는 납처럼 잠잠해졌다.
> 지면의 깊이를 입증하려는 듯 파헤친 구덩이.
>
> ―「유대인 수송」 부분 (53쪽)

여기저기 납땜 자국이 무성한 낡은 기차에 올라탄 채

'이름들'이 이 나라 방방곡곡을 누비고 있다.

어디로 갈지

언제 내릴지

묻지 마라, 대답하지 않으리라.

왜냐하면 나도 답을 모르니까.

나탄이란 이름은 주먹으로 벽을 치고,

아이작이란 이름은 광란의 노래를 부르며,

사라란 이름은 갈증으로 죽을 지경인

아론이란 이름을 위해 물 달라고 고함을 지른다.

—「아직은」부분 (『끝과 시작』, 53쪽)

죽은 이에게 바치는 묘비명을 떠올리게 하는 일련의 시들 —「음악가 야넥Janko muzykant」(1945)이나 「위령의 날Zaduszki」 (1946)과 같은 시는 1962년에 출판된 시인의 네번째 시집 『소금』(1962)에 수록된 「꿈Sen」과 함께 읽으면, 그 의미가 더욱 생생하게 다가온다.

저세상으로 떠난 나의 그 사람, 한 줌의 재로 산화된 사람, 대지의 일부가 되어버린 사람,

사진 속의 모습 그대로 차려입었구나.

얼굴에는 나뭇잎의 그림자를 드리우고, 양손에는 조개껍질을 든 채,

나의 꿈을 향해 그가 조용히 다가온다.

[……]

그가 세상으로 접근할 수 있는 유일한 통로는 바로 내 눈꺼풀.

그 안쪽에서부터 그는 서서히 모습을 드러낸다.

총알이 관통했던 그의 심장이 펄떡대기 시작한다.

첫번째 바람이 그의 머리카락을 헝클고 지나간다.

[······]

그렇게 우리는 서로에게 점점 가까워진다.

눈물 속에서인지, 미소 속에서인지 알 수는 없지만.

한 발자국 서로를 향해 다가선다.

우리는 함께 조개껍질의 고동 소리에 귀를 기울인다.

천 개의 오케스트라가 연주하는 윙윙거림을,

우리 두 사람만을 위한 경쾌한 행진곡을.

—「꿈」 부분 (『끝과 시작』, 102~103쪽)

「돌아온 회한Powrót żalu」(1947)에서 "먼지보다 하찮은 순간들로/나는 너보다 오래 살아남았다"(52쪽)며 남겨진 자의 슬픔과 회한을 노래했던 쉼보르스카는 자신의 연인이자 소울 메이트였던 소설가 코르넬 필립포비츠Kornel Filipowicz(1913~1990)가 세상을 떠난 뒤에 쓴 「풍경과의 이별Pożegnanie widoku」(1993)에서도 유사한 방식으로 슬픔을 토로하였다.

나는 너보다 더 오래 살았다.

이렇게 멀리서 네 생각에 잠길 만큼

딱 그만큼만 더.

—「풍경과의 이별」 부분 (『끝과 시작』, 339~40쪽)

「전쟁의 아이들Dziec wojny」(1947)은 후기작인 「시대의 아이들Dzieci epoki」(1986)과 함께 읽으면, 행간에 담긴 시인의 의도를 헤아리고 작품을 이해하는 데 훨씬 도움이 된다.

> 단어들로 시선에 불을 지폈다.
> 시선으로 단어에 불을 놓았다.
> 숫자의 고군분투를
> 회한의 깊은 한숨으로 바꿔놓았다.
>
> [……]
>
> 날아다니는 문장들을 연설자가 허공에 매달아놓았다—
> 그의 시선이 아이들을 포착했다.
> 머리가 허옇게 센 아이들이
> 공포의 시간을 일깨웠다.
>
> —「전쟁의 아이들」 부분 (55쪽)

두 작품은 모두 극단적인 전체주의 속에서 자아가 함몰되어버린 인간상을 '아이들'의 이미지에 투영시키고 있다. 역사를 정치의 퇴적물로 인식하는 이데올로기의 모순, 그리고 정치적인 욕망의 결과가 빚어낸 전쟁의 참상을 비판적으로 그려내고 있다는 점에서도 공통점이 발견된다.

> 우리들은 시대의 아이들,
> 바야흐로 시대는 정치적.
>
> [……]

무엇에 대해 말하건, 늘 반향이 일어나고,

무엇에 대해 침묵하건, 늘 웅변으로 돌변하며,

마지막엔 결국 정치적인 내용으로 귀결되어진다.

[……]

그동안 사람들은 목숨을 잃었고,

동물들은 죽었고,

집들은 불탔고,

들판은 폐허가 되었다,

덜 정치적이었던

아득한 태고의 그 어떤 시대처럼.

　　　　　—「시대의 아이들」 부분 (『끝과 시작』, 288~90쪽)

　시집의 마지막에 수록된 「현대의 발라드Ballada Dzisiaj」 (1948)의 경우, 후기작인 「어릿광대Buffo」(1957), 「그림자Cień」 (1962), 「발라드Ballada」(1962)와 비교해가며 읽어볼 것을 권 한다. 응축된 뜨거운 감정의 응어리를 한 편의 시로 승화시키 면서도 대상으로부터 일정한 거리를 유지하며 절제된 표현을 구사하고 있다는 점에서 서로 긴밀한 연관성을 찾을 수 있다.

비로소 채워진 빈칸

　번역자이기 전에 폴란드 문학 연구자로서 늘 궁금했었다. 출 생 연도로 보면, 쉼보르스카는 "전쟁 세대Pokolenie wojenne"임이 분명한데, 동시대 여느 작가들과는 달리 2차 대전의 체험을 노래한 시들이 거의 발견되지 않는 이유가 무엇일까. 시인의 책상 서랍 속에 오랫동안 방치되어 있던 『검은 노래』를 읽으며 비로소 그 해답을 찾았다. 그녀가 쓴 전쟁에 관한 시들은 대부분 '쓰레기통'에 버려져 있었던 것이다.

동료 문인인 루제비츠T. Różewicz나 헤르베르트Z. Herbert는 자신의 시에서 전쟁으로 인해 죽은 이들에 대한 기억을 끊임없이 되새깁니다. 그들의 시를 읽으면서 저는 제가 그들처럼 전쟁의 체험을 생생하게 그려내지 못한다는 사실을 실감했습니다. 그들이 쓴 이야기에 제가 더 이상 보탤 수 있는 건 아무것도 없었습니다.

— 쉼보르스카[12]

아담 브워데크는 시대가 '쓰레기통'에 던져버린 쉼보르스카의 시들을 밖으로 끄집어냈고, 미하우 루시네크는 그 시들을 세상에 공개했다. 시인의 동의 없이 시집이 출간되었다는 점에서 비판의 목소리도 있지만, 한 가지 분명한 건, 이 시집이 복원됨으로써 위대한 한 시인의 생의 궤적에서 자의 혹은 타의에 의해 빈칸으로 남아 있었던 수년간의 공백이 비로소 메꿔졌다는 사실이다. 1945년 「단어를 찾아서」로 등단한 쉼보르스카가 첫번째 시집을 내기까지 7년이란 제법 오랜 시간이 걸릴 수밖에 없었던 이유가 바로 이 시집 안에 있었다. 그런 의미에서 『검은 노래』는 쉼보르스카의 작품 세계를 연구하는 이들에

12   Joanna Szczęsna, "Pisłam wiersze, piszę wiersze...", Czarna piosenka, Kraków, 2014, p. 22.

게 요긴한 단서이자 귀중한 자료이다.

이번 시선집에는 시인의 사후에 발굴된 젊은 시절의 미공개작들 외에도 시인이 발표한 정규 시집에 수록된 시들 가운데 지금껏 국내에 번역·소개되지 않은 작품들도 연대별로 함께 수록하였다. 『끝과 시작』(2007)을 시작으로 『충분하다』(2016), 그리고 『검은 노래』에 이르기까지 세 권의 시선집을 통해 마침내 쉼보르스카 전집이 완결된 것이다. 우연의 일치일까, "끝과 시작"이라는 시 제목처럼 시인의 '시작' 혹은 '처음'을 엿볼 수 있는 초기작들이 제일 마지막으로 소개되었다.

앞서 언급했듯이 쉼보르스카의 시작은 결코 화려하지도, 찬란하지도 않았다. 2차 대전과 유대인 대학살의 상흔으로 얼룩진 폴란드, 시가 그 존재 가치를 상실한 비극의 영토에서 시인은 자신의 문학적 재능과 가능성에 물음표를 품은 채, 수줍게 첫걸음을 내디뎠다. 그래서일까. 그녀는 노벨문학상 수상 기념 기조 강연에서 진정한 시인이라면 자기 자신을 향해 끊임없이 '모르겠어'를 되풀이해야 한다고 강조하며, 스스로의 무지와 한계를 솔직하게 인정하는 겸허한 자세에 대해 역설했다.

시인 쉼보르스카는 틀에 박힌 고정관념 혹은 인습의 굴레에 갇혀 지극히 당연한 것처럼 여겨왔던 대상들 혹은 현상들을 향해 평생 '질문'을 던졌다. 존재의 근원과 그 지속성에 의문을 제기하고, 개인과 역사의 도식적이고 일방적인 영향 관계에 의문을 제기하고, 우리에게 익숙한 관념들, 인간 본위로 만들어진 절대적인 표상들에 대해 의문을 제기했다. 폴란드의 문학평론가 에드바르드 발체르잔Edward Balcerzan은 이러한 쉼보르스카 시의 본질을 "위대한 질문들의 시학"이라 규정하였다.[13]

끊임없는 질문과 성찰을 통해 우리가 당연히 알고 있다고 믿었던 사실과 가치와 현상 들을 다시금 돌아보게 만드는 것, 그리하여 껍데기의 허상을 제거한 궁극적인 실재에 자연스럽게 다가설 수 있게 만드는 것, 이것이야말로 쉼보르스카가 구축한 독보적인 문학적 경지이며, 이 세번째 시집에서도 시인의 이러한 진가는 어김없이 확인된다. 쉼보르스카 특유의 정곡을 찌르는 명징한 언어, 풍부한 상징과 은유, 냉철한 듯 뜨거운 사유, 간결하면서도 절제된 표현과 따뜻한 유머를 그리워했던 독자분들께 이 시집이 반가운 선물이 되기를 소망한다.

13   Edward Balcerzan, "Laudatio", Radość czytania Szymborskiej, (w.) Stanisliaw Balbus, Kraków, 1996, p.40.

1923   7월 2일, 쿠르니크Kórnik 근교의 소도시 브닌Bnin에서 지방
영주의 관리인이었던 아버지 빈첸티 쉼보르스키Wincenty
Szymborski와 어머니 안나 마리아 로테르문트Anna Maria
Rottermund 사이에서 2녀 중 막내로 태어남. 스무 살의
나이 차에도 불구하고, 아버지와 어머니의 관계는 매우
돈독했음. 언니인 나보야 쉼보르스카Nawoja Szymborska와는
다섯 살 터울.

1924   코페르니쿠스의 출생지인 토룬Toruń으로 이주함.

1931   폴란드의 옛 수도인 크라쿠프Kraków에 정착하여 타계할
때까지 거주함.

1935   크라쿠프에 있는 우르슐라 수녀회 부설 사립 중등학교에
입학.
십대에는 영화 관람과 그림 그리기, 노랫말 쓰기를 즐겼음.
도스토옙스키 소설에 매료되어 14세에 이미 도스토옙스키
전집 독파.

1936   아버지 빈첸티 쉼보르스키 사망. 아버지가 집에 돌아오기
전에는 잠자리에 들지 않을 정도로 아버지와 유난히
각별한 사이였던 쉼보르스카에게 큰 슬픔을 안겨줌.

1945   1월 31일, '폴란드 문인 협회'가 주관하는 '문인의 밤'
행사에서 선배 문인들의 시 낭송과 문학 이야기를 듣고
큰 감명을 받음. 그중에는 1980년 노벨문학상 수상자인
체스와프 미워시Czesław Miłosz도 있었음.

3월 14일, 『폴란드 데일리Dziennik Polski』에 「단어를
찾아서」를 발표하며 등단. 훗날 쉼보르스카와 결혼한
아담 브워데크Adam Włodek가 담당 편집자였음. (1996년
10월 4일, 노벨문학상 수상 소식을 접한 바로 다음 날
쉼보르스카는 『폴란드 데일리』에 짤막한 헌정의 글을 썼음.
"언젠가…… 먼 옛날에…… 내가 처음으로 시를 발표했던
『폴란드 데일리』의 독자들에게 이 상을 헌정합니다.")

1945~48 크라쿠프의 야기엘론스키 대학교Uniwersytet Jagielloński에서
사회학을 공부하다가 폴란드어문학으로 전공을 바꿈.
학업을 마치지는 않았음.

1947~48 격주로 발간된 정부 기관지 『크라쿠프 공회당Świetlica
Krakowska』의 편집부에서 근무.
아담 브워데크가 쓴 동화책 『장화 신은 야옹이』의 삽화를
그림.

1948 4월, 아담 브워데크와 결혼. 문인들 사이에서 '문학의
농장'이라는 별칭으로 불리던 크루프니차 거리 22번지의
아파트 건물 다락방에서 신혼 살림 시작. 당시 이
아파트에 예지 안제예프스키Jerzy Andrzejewski, 카지미에시
브란디스Kazimierz Brandys, 스타니스와프 디가트Stanisław
Dygat, 스테판 키시엘레프스키Stefan Kisielewski, 체스와프
미워시Czesław Miłosz 등 폴란드의 유명한 문인이 다수
거주하고 있었음. 쉼보르스카는 이들 문인과 두터운
친분을 쌓게 됨.

1952 첫 시집 『우리가 살아가는 이유』 출간.

1953~81 1968년까지 『문학 생활Życie Literackie』의 편집부에서
근무하며 '문학 엽서Poczta literacka'라는 코너를 맡아
익명으로 시에 관한 단상 및 비평을 연재.
1968년부터는 고정 필자가 되어 '쉼보르스카의
비필독 도서'란 제목으로 30여 년간 서평과 칼럼을
썼음. 1990년대에는 폴란드 최대의 일간지 『가제타
비보르차Gazeta Wyborcza』에 같은 제목으로 서평 연재를

계속함. 이 글들은 후에 네 권의 단행본으로 묶여 출간됨.

1954   두번째 시집 『나에게 던지는 질문』 출간.

'크라쿠프시(市) 문학상' 수상.

남편 아담 브워데크와 헤어짐. 이후 두 사람은 친구로
지냄. 쉼보르스카는 브워데크와 이혼 후에도 크루프니차
거리 22번지 다락방에서 1963년까지 살았음.

1957   세번째 시집 『예티를 향한 부름』 출간.

폴란드 문화예술부의 지원을 받아 드라마 작가로 유명한
스와보미르 므로제크Sławomir Mrożek를 비롯한 세 명의 동료
문인과 함께 3년간 프랑스 파리에 체류함.

1960   폴란드 작가 협회의 대표단 가운데 한 명으로 임명되어
스타니스와프 그로호비아크Stanisław Grochowiak 외 두 명의
동료 문인과 함께 모스크바, 상트페테르부르크, 그루지아
방문.

어머니 안나 마리아 로테르문트 사망.

1962   네번째 시집 『소금』 출간.

1963   15년간 정들었던 크루프니차의 아파트를 떠나 크라쿠프
시내 중심부의 아파트로 거처를 옮김.

문화예술부로부터 2등 공로상을 받음.

유고슬라비아를 여행함.

1965   파리 방문.

1966   사회주의 집권당인 '폴란드통일노동자당PZPR'에서
공식적으로 탈당함. 이후 정치와 철저하게 단절된 삶을
살게 됨.

1967   다섯번째 시집 『애물단지』 출간.

율리안 프쉬보시Julian Przyboś 등의 동료 문인과 함께
소비에트연방 방문.

빈과 런던, 프랑스의 콜리우르Collioure 여행.

후배 여성 시인 할리나 포시비아토프스카Halina Poświa-
towska 사망. 시인의 명복을 기원하며 헌정시 「자기 절단」
발표.

1968	건강이 악화되고 폐에 문제가 생겨 몇 달간 요양소에서 휴양.
1970	벨기에의 크노케Knokke에서 개최된 '시 비엔날레' 행사에 참석.
1972	여섯번째 시집『만일의 경우』출간. 열 살 연상의 시인이자 소설가인 코르넬 필립포비츠Kornel Filipowicz와 각별한 사이가 되어 애인이자 친구이자 비평가로서 그가 사망하는 1990년까지 절친한 관계를 유지함.
1975	정부의 일방적인 개헌에 반대하는 지식인들의 항의 서한에 공동 서명.
1976	일곱번째 시집『거대한 숫자』출간.
1981	『문학 생활』편집부를 그만둠. 코르넬 필립포비츠가 편집장을 맡고, 에바 립스카Ewa Lipska, 예지 크비아토프스키Jerzy Kwiatowski, 타데우시 니체크Tadeusz Nyczek 등의 동료 문인이 참여한 크라쿠프의 월간 문예지 『피스모Pismo』의 공동 발행인을 맡게 됨.
1982	프랑스의 바로크 시대 시인 테오도르 아그리파 도비녜Théodore Agrippa d'Aubigné의 서사시『비극 배우들』 번역.
1983	12월 14일, 크라쿠프 가톨릭 지식인 클럽이 발행하는 문예지『소리 내어NaGłos』의 창간 기념식에서「포르노 문제에 관한 발언」낭송.
1986	여덟번째 시집『다리 위의 사람들』출간. 이 시집으로 문예지『오드라Odra』가 수여하는 문학상 수상. 폴란드 정부 또한 쉼보르스카에게 문학 기금을 수여하려 했으나 거절함.
1988	국제 펜클럽의 정식 회원이 됨. 체스와프 미워시와 함께 1999년에 바르샤바에서 '20세기와의 작별'이라는 주제로 개최한 제17차 국제 펜클럽 회의를 유치하는 데 적극적으로 공헌했음.

1990   2월 28일, 코르넬 필립포비츠 사망. 필립포비츠 사망 직후
        「빈 아파트의 고양이」「풍경과의 작별」 등의 시를 씀.
        지그문트 칼렌바흐Zygmunt Kalenbach 문학상 수상.

1991   독일의 괴테 문학상 수상.
        프랑크푸르트, 프라하, 벨기에의 젠트 방문.

1992   10월 21일, 문예지 『소리 내어』의 주관으로 체스와프
        미워시에게 헌정된 '작가의 밤' 행사에서 자신의 시 「양파」
        낭독.

1993   아홉번째 시집 『끝과 시작』 출간.
        런던과 스톡홀름에서 열린 '작가의 밤' 행사에 참석.

1995   포즈난 아담 미츠키에비치 대학Uniwersytet im. Adama
        Mickiewicz이 주는 명예 박사 학위 수여.
        빈에서 헤르더 문학상 수상.

1996   6월, 크라쿠프 야기엘론스키 대학교에서 개최된
        '문학-예술 스터디'에 참가해 학생들과 토론함.
        학생들에게 "시인에게 가장 중요한 행위는 '지우는 것'이고,
        가장 필요한 가구는 '쓰레기통'이다"라고 말하며 노력하는
        글쓰기를 강조함.
        10월, 노벨문학상 수상.
        폴란드 펜클럽 문학상 수상.

1996   노벨문학상 수상 기념 시선집 『모래 알갱이가 있는 풍경』
        출간.

2001   자선(自選) 시집 『비스와바 쉼보르스카 자선 시집』 출간.

2002   열번째 시집 『순간』 출간.

2003   그림에도 조예가 깊었던 쉼보르스카는 지인들에게 편지나
        엽서를 보낼 때, 잡지나 신문을 오려 콜라주를 만드는
        취미가 있었음. 그동안 만든 콜라주를 삽화로 활용하여
        성인들을 위한 동화집 『운율 놀이Rymowanki』 출간.

2005   열한번째 시집 『콜론』 출간.
        폴란드 정부가 주는 '글로리아 아르티스Gloria Artis' 문화
        공훈 메달 수상.

2006	1월 25일,『콜론』에 수록된 17편의 시를 크라쿠프 라디오 방송국에서 낭송, 녹음.
2009	열두번째 시집『여기』출간.
	6월 6일, '제2회 세계 폴란드 문학 번역가 대회'에 참석, 전 세계에서 모인 폴란드 문학 번역가들을 격려함.
2011	폴란드 정부로부터 문화·예술 분야의 발전에 기여한 공로를 인정받아 최고 품계에 해당하는 '흰 독수리 훈장Order Orła Białego' 수상.
2012	2월 1일, 타계.
	4월, 비스와바 쉼보르스카 재단Fundacja Wisławy Szymbor-skiej 설립.
	4월 20일, 유고 시집『충분하다』출간.
2014	10월 6일, 초기작을 모은 시집『검은 노래』출간.